时文精粹
Shiwen Jingcui

（爱心卷）

每一颗心灵都是星星

陈晓辉　一路开花◎主编

煤炭工业出版社
·北京·

图书在版编目（CIP）数据

每一颗心灵都是星星／陈晓辉，一路开花主编． --
北京：煤炭工业出版社，2015（2023.1重印）
（时文精粹）
ISBN 978 - 7 - 5020 - 4988 - 1

Ⅰ．①每… Ⅱ．①陈… ②一… Ⅲ．①散文集—中国
—当代 Ⅳ．①I267

中国版本图书馆 CIP 数据核字（2015）第 207820 号

每一颗心灵都是星星

主　　编	陈晓辉　一路开花
责任编辑	刘少辉
责任校对	郭浩亮
封面设计	宋双成
出版发行	煤炭工业出版社（北京市朝阳区芍药居35号　100029）
电　　话	010 - 84657898（总编室）
	010 - 64018321（发行部）　010 - 84657880（读者服务部）
电子信箱	cciph612@126.com
网　　址	www.cciph.com.cn
印　　刷	北京飞达印刷有限责任公司
经　　销	全国新华书店
开　　本	710mm×1000mm $^1/_{16}$　印张　13　字数　165千字
版　　次	2015年10月第1版　2023年1月第7次印刷
社内编号	7834　　　　　　　定价　46.00元

版权所有　违者必究

本书如有缺页、倒页、脱页等质量问题，本社负责调换，电话:010 - 84657880

序 言

照向心灵的一束光

雪 炘

我特意翻了一下日记,2013年12月19日。

我是时间概念很差的人,但这个时间我必须记得。因为那天是我第一次见到她,虽然只是微笑着彼此路过,但我断定我们会成为好朋友。

一周后,我们果然在医院再次相遇。那时候她被诊断为脊椎内肿瘤,要住院手术,开始无止境的治疗。家人怕她在医院状态不好,就在医院旁边的小区里买了一套小公寓,让她不要有太大的心理落差。

是,她的家庭条件很优越,自身也才貌双全。虽然学的是时装设计,但钢琴弹得一级棒,手绘作品也是跟大公司长期签约合作的,舞蹈天赋也让人赞叹不已。她是童话故事里走出来的公主,却像散落在人间的邻家姑娘,温和、善良,笑容如花绽放。

她说,你一个人来看病啊?走,我带你回家。

我跟她玩了几天,就匆匆回家,因为我还是没有力量去接受手术。

第二次去北京,是春节后,她刚做完手术。她的精神状态显然要比之前差,像一盆向日葵忘记了浇灌似的。

1

我说，你那么勇敢，一定会好起来的。

她躺在床上笑了笑，问，你这次还急着回家吗？

我说，我也想治疗，可是找不到理由，没有一种力量让我觉得它是有意义的。

那次在北京待了半个月，每天跟她一起听她男朋友为她录的有声连载故事，从早笑到晚，从月起笑到月落。

男孩很沉默，每次见到我，连微笑都是奢侈。我真的想不到，这样的人能把书里的每个人物都演绎得那么生动逼真。从痞子到绅士，从中国腔到老外瞥脚的中文，从独说到众吼，每个细节都处理得恰到好处。包括配乐，情景特效，简直无可挑剔。

我俩笑到双腿发颤。

我说，你把这些音频发在网上，他肯定一夜爆红。

她说，我也觉得，可是他不让。

我说，为什么呀？

她说，我不知道。

我心想，真是个很机车的奇葩男。

从那时起，我便知道她的勇气是从哪儿来的了。如果我有一个那样的男朋友，或许我也会义无反顾吧。只是我想，要遇到这样的奇葩男，应该要到下辈子了。

可是，这个世界很奇妙。

再次去北京是2014年12月，我决定手术。

她已经高位截瘫，准备第三次手术。她坐在轮椅里，紧握着我的双手，不断地问，亲爱的，你遇到奇葩男了，对不对？

我用力点头。

没一会儿，她就昏睡了过去。医生说，这是因为太过疼痛，所以晕厥了过去。可是她自始至终没说一个"痛"字，连"痛"的表情都没有。

我在病房外安静地痛哭。

我进手术室前给她发信息，因为我怕自己会哭。她说，亲爱的，放心吧，爱是最好的天使，它会守护你的。

手术很顺利，三个月后我回京复查，她介绍一位姐姐给我认识。那位姐姐高位截瘫后，拜访过史铁生先生两次，说他是个特别好的人。听完她的困惑，史铁生先生说，你现在还年轻，不知道什么是绝望，但是随着年龄的增长，你就会明白。所以你要保持阅读，坚持写作，将来才有可能对付绝望。

绝望是什么？每个人都会有，还是只有被病痛围绕的人才有？我不知道。我只知道，人只有在内心平静、生活安稳的时候，才能接收到外界信息。就像只有那个人，才能给你坦然面对一切的勇气。

2015年5月4日，她带着微笑离开了这个世界。她男朋友，不，应该说她丈夫——在她的葬礼上说——她还在的时候，我就不想把时间用在其他地方。因为我知道，我们缺的不是钱，也不是被多少人认可和喜欢，我们缺的是时间，时间用完了，就什么都没有了……

他早已泣不成声。

时间不会为任何人停留，哪怕半秒，哪怕你哭喊着说，等等我，等我擦干眼泪，等我鼓起勇气，等我说服自己，等我看清楚未来的路，等我不再担心彷徨。

我渐渐理解了史铁生先生说的那句话："其实阅读是不能救赎痛苦的，因为在痛苦的时候，一切都没有用，一切都只会加剧疼痛。"阅读是平时坚持给心灵积累力量，才能在痛苦来临的时候找到闪着光的方向。

每一颗心灵都是星星

如果痛苦没有摧毁你，那它日后一定会成就你，成为只有你才有的美丽花纹。

我们是无法战胜痛苦和绝望的，就像无法战胜死亡一样，我们能做的只是不被它压倒。而阅读，就是在绝望中照向心灵的一束光，它让你看到光明，寻到希望，让你绝地逢生，柳暗花明。

2015 年 5 月 12 日
书于陕西杨凌

雪炘，先天性脑瘫患者。拒绝《感动中国》栏目组邀请，拒绝接受残疾补助。热爱生活，尊重平凡。其文章常见于《青年文摘》《思维与智慧》《疯狂阅读》《做人与处世》《课堂内外》《知识窗》等杂志，并入选多部图书。获全国性文学奖数次。

目 录

第一辑 小

走过的路长了，遇见的人多了，经历的事杂了，不经意间发现，人生最曼妙的风景是内心的淡定与从容，头脑的睿智与清醒。

小	周丽(2)
没有梦想，青春该多苍白	阿杜(5)
牧蚁的过度关照	薄隙(10)
雨本无声	程刚(12)
倾听鸟鸣	再来苏林(14)
桉树供水的启示	程骏驰(17)
戴龙鼠与叽喳鸟	薄隙(19)

第二辑 那些开在伤口上的花朵

每一个生命，一如植入土壤的种子，都要经历黑暗和风吹雨打。生活的种种磨难和挫折，带给我们伤痛的同时，也给我们的成长提供了充足的养料和能量。当不幸来临，坦然面对，用微笑迎接未来，用汗水润泽心灵，那些疼痛的伤口，将会开出一朵朵灿烂的花儿。

会点灯的鸟	小刚(22)
那些开在伤口上的花朵	化君(24)
读书要除功利心	飞龙在天(27)
差生也能造原子弹	庞启帆(29)

告诉你一个秘密……………………………………马朝兰(33)
自卑窗外有花丛…………………………………王万龙(37)
李宗吾怎样读书…………………………………小草(41)
好文章是修改出来的……………………………清露晨流(43)

第三辑　那时雪下

而她总是记得那天在鹅毛大雪中他明净而温暖的眼神。那个场景，真像一个童话，一个永不再来，也永不褪色的青春的童话。

大师的雅量…………………………………………崔鹤同(46)
大师的善念…………………………………………春秋(49)
赤橙黄绿是生活……………………………………小菁(51)
那段茉莉香味的青春………………………………侯雪涛(55)
紫斑鱼………………………………………………王晓宇(59)
夜幕笼罩下的青春…………………………………木易(61)
那时雪下……………………………………………张觅(65)

第四辑　青春的烛光

其实，青春可以像电一样，有很多东西可以重来。比如，此刻停电了，我们就可以立即点上一支蜡烛，凭借着可以无限延伸的光将即将消失的影子拉回原地。又或许可以闭上眼睛安安静静地等待天明。

每个人身边都有一个蓝胖子………………………琼雨海(68)
世界在谁的掌心里…………………………………安宁(72)
青春的烛光…………………………………………胡识(75)

怀念青春,怀念同桌的你……………………………………后天男孩(80)
让他人心灵之石光滑………………………………………………梅若雪(86)
有爱不简陋………………………………………………………………清翔(89)
把足球踢到太空去……………………………………………………大可(92)

第五辑　歌声里的似水流年

　　其实,每一首歌都记录着走过的一段岁月,每一首歌都镌刻着一代人的记忆。那些歌承载着我们的金色年华,浩浩荡荡向前奔去!

旅行成为学习的原动力……………………………………嵇振颉(96)
梦中意境……………………………………………………云轩一士(99)
独行青春里的美妙歌声……………………………………安一朗(102)
我们为班花狂…………………………………………………冠豸(107)
与一只"蝶"不期而遇……………………………………龙岩阿泰(112)
似水流年中唯一的名字………………………………………冠豸(117)
歌声里的似水流年……………………………………………邢占双(125)
那些年,我们一起暗恋过"女特务"………………………李良旭(128)

第六辑　时光柔软

　　时光让曾经外显的,变成内在的。它慢慢褪下我们的浮华,尘埃落定;让我们变得越来越谦逊,越来越温和,越来越坚韧与执着。

风吹麦浪香又甜…………………………………………………木子(132)
时光柔软………………………………………………………范泽木(140)
在心里种下一首歌……………………………………………顾晓蕊(142)

千纸鹤的海……落辕(145)
那年·那人·那些事……黄志明(148)
怀念初恋时光……王维新(150)
高山流水觅知音……林振宇(155)
"假小子"洪飞扬……阿杜(159)
有没有一种友情,你曾弃之如敝屣……侯雪涛(164)
友情是面不说谎的镜子……阿杜(168)
是什么抚平青春的伤口……冠豸(173)

第七辑 相励于江湖

在漫漫的生命岁月里,我们都为对方的心灵注入着积极向上的能量,相互提醒着永不在世俗的红尘里沉沦,永远都要驾驭着自己的理想之舟,彼此呼应着、义无反顾地向前,向前……

尘世中,那些直入人心的美……君燕(178)
只因了你的暖……清露流晨(182)
巴瑞尔的"一人"餐厅……张珠容(184)
有时"忘本"是超脱……奇清(187)
不想被世界遗忘……邢占双(189)
和自己赛跑的人……安一朗(191)
相励于江湖……王飙(195)
看不见的仇恨……叶浅韵(198)
看电影……张亚凌(204)
站在台风口的猪……陈鲁民(206)
鲅鱼和蝴蝶……蒋光宇(209)
完整的世界……叶浅韵(211)
给自己精确定位……陈鲁民(213)

每一颗心灵都是星星

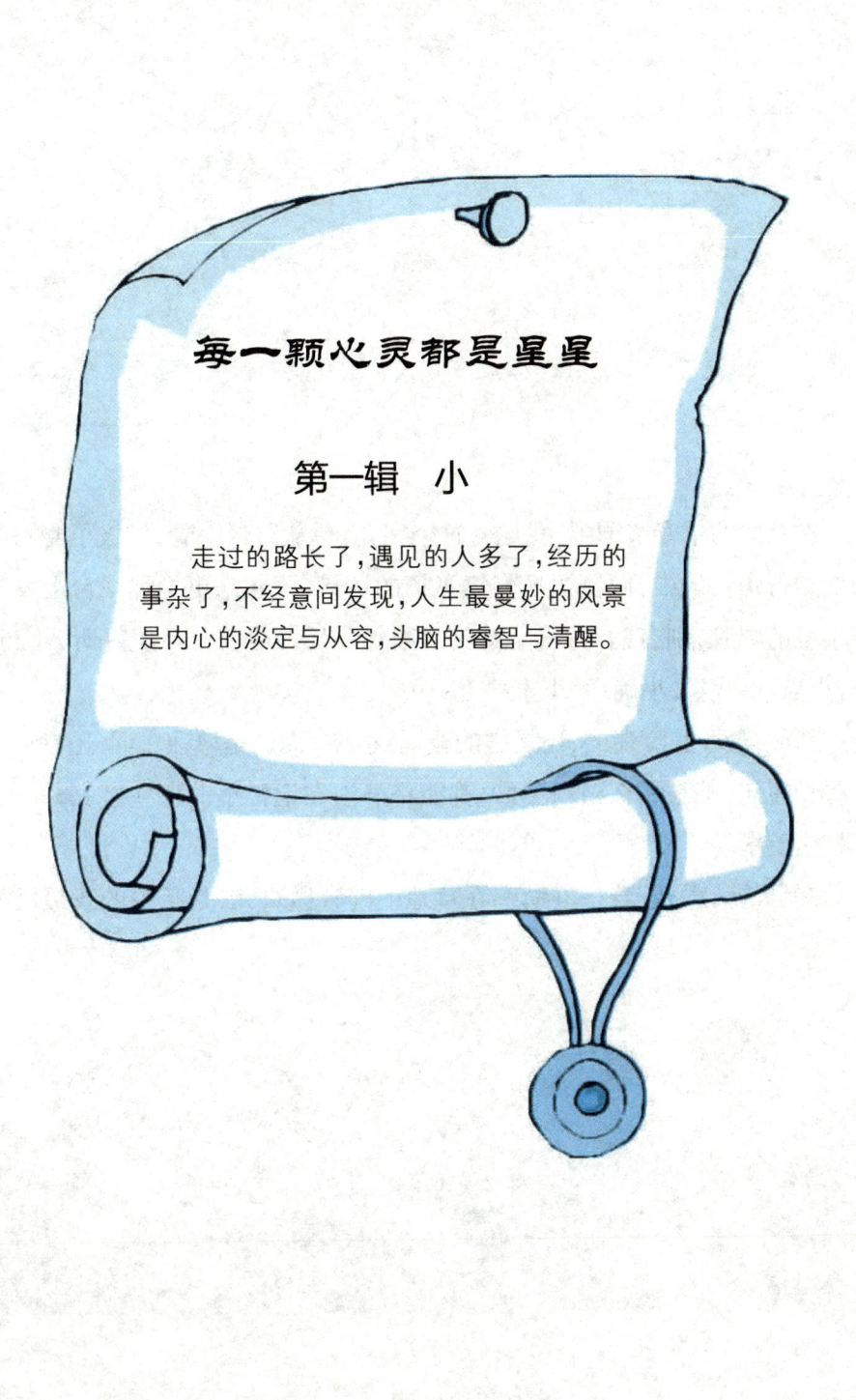

第一辑 小

走过的路长了,遇见的人多了,经历的事杂了,不经意间发现,人生最曼妙的风景是内心的淡定与从容,头脑的睿智与清醒。

小

周丽

自由之于人类，就像亮光之于眼睛，空气之于肺腑，爱情之于心灵。

——英格索尔

在众多的单音节词中，我偏爱这个字儿：单从字形上看，像极了身材曼妙的女子行走在风中，两侧裙摆轻舞飞扬的情景；读起来更像那戏台上女子婉转袅绕的唱腔，别有韵味；若是在其后附加些后缀也甚是玲珑好听，小巧、小美、小爱、小欢喜、小确幸、小家碧玉……

然而，最令我痴迷的，还是她的叠词：小小。无论是单独成词，还是后缀上一些长短句，都是那么精巧美妙，都能将静泊在记忆里的那些事、那些人、一一打捞上岸。

夏日的黄昏，赶着一群鹅鸭在草地上踏青撒欢儿，是年少的我最沉醉的

事。晚霞映红西方,仰卧青草间,醉看蓝天彩云,恨不能剪下霞云一角,团成胭脂,涂抹在自己的脸颊,让自己粉面含娇,楚楚动人。轻声哼唱从收音机里学来的曲儿,那歌词从喉咙里轻悠流出,宛若出水清荷般澄澈空灵:小小的一片云啊,慢慢地走过来,请你嘛歇歇脚啊,暂时停下来……徜徉在欢快的歌声中,彩虹似的梦慢慢浮起,渴望自己也变成云一朵,小巧的,随风飘浮不定,自由自在地漫游空中,不识愁苦,不历苦痛,不闻悲忧。

当少年时光像一张泛黄的纸张,在记忆里日渐模糊褪色时,我已然长大,如一株植物默然素朴地长大。小学里同桌了四年的男孩自中学毕业一别,再无相见。如今的他已工作生活在异国他乡。人各天涯,隔了山隔了水隔了光阴的岸,落了风落了雨落了岁月的尘。是否还能记起当年小小的我们一起跳过水洼,绕过小村,搬小小的板凳去看电影的情景?是否还能记起小小的巴掌在我肩头一拍,嗨,老师找你去,羞涩地一溜烟儿跑远的情景?曾经模样小小的他,没有守着小小的约定,没有成为故事里的人,却是和童年一起,经岁月的手剪下,贴于记忆的书页,是为断章,无关雪月与风花。

读完《心美,一切皆美》,林清玄"菩提十书"自编精华篇系列之一,才发觉"小小"在他笔下绽放着别样的幽美诗意,意蕴悠长。在题为《小小》的段落里,他如是写道:"小小,其实是很好的,饮杯小茶,哼首小曲,散个小步,看看小星小月,淋些小风小雨,活在小楼里,种些小花小草;活在小溪边,欣赏小鱼小虾。也或许,和小小时候的小小情人在小小的巷子里,小小地擦肩而过,小小地对看一眼,各自牵着自己的小孩。小小的欢喜里有小小的忧伤,小小的别离中有小小的缠绵。人生的大起大落,大是大非,真的是小小的网所织成的。"

读后怔怔地发呆,说不出话来。在纷乱的世事面前,人心浮躁迷惘,林清玄将佛理修养化为美好心情,为我们点燃一盏心灯。将生活里细小而繁多的美好连串成珠,放在手心里静静地赏,纵是伤心处,也能含泪微笑。什么时候,我也能修炼成这样呢?

每一颗心灵都是星星

　　不由得想起那个名唤小小的苏姓女子,玲珑娇小,才情过人。痴痴等待的情郎终究未归,一病相思再未起,埋骨于西泠桥头。美人的传奇到此为止,叹息留与后来人。

　　细细想来,生活本已不堪,何苦一再叹息?深秋的午后,坐在阳光的对面,捧一本小书,冲一杯小茶,想着小小的心事,不失为一件幸福的事。

　　走过的路长了,遇见的人多了,经历的事杂了,不经意间发现,人生最曼妙的风景是内心的淡定与从容,头脑的睿智与清醒。

> 　　你的心应该保持这种模样,略带发力的紧张,不松懈,对待不确定有坦然。损伤是承载,沉默是扩展,终结是新的开始。如此,我会为你的心产生敬意。

没有梦想，青春该多苍白

阿杜

理想是人生的太阳。

——德莱赛

网吧被逮

赵栎精疲力竭地走出幽暗的网吧时，正碰上前来"搜人"的教导主任，一逮正着。虽然赵栎眼尖想逃，教导主任却更快一步，连同赵栎在内，教导主任这次逮住了七名逃课学生。私下里，大家都管教导主任叫"恶魔"。

赵栎站在靠墙的角落，目光荒芜地盯着明亮的日光灯，耳畔是教导主任抑扬顿挫的说教声。他当然懂得沉迷网络的后果，可是那又怎么样呢？他的人生已经一团糟。父亲的离家伤透了赵栎的心，想到精神抑郁的母亲，想到她婆娑的泪眼，赵栎心里一阵抽搐。

写完保证书走出办公室时，天已经黑了。赵栎漫无目的地在街头溜达，他不想回家，待在空荡荡的家里只会让他想哭。母亲生病后被送去医院了，而父亲又重新组建了自己的新家庭。

路遇韩菲

"家是温暖港湾……"一家音像店传来的这句歌词,猝不及防地传到赵栎耳朵时,他不由自主地停下脚步,而眼中的泪却止不住地涌出。

好一会儿,对着街边的橱窗,赵栎发觉后边有人在看自己,立即抹去泪痕,转身。

"你干吗跟着我?"赵栎看清来人后,生气地问。

来人是韩菲,赵栎的同桌兼班长。

"我刚好走到这儿,没闲工夫跟着你。"韩菲毫不客气地回敬了赵栎一句。

韩菲挺烦赵栎的,他爱逃课,害得她总是被老师批评,说她没负起班长的责任。可是,那么大一个人了,自己的行为还要别人来负责吗?韩菲想不通。她说过赵栎,但他不听,还和她吵了一架,骂她"多管闲事"。韩菲气坏了,决定再也不理赵栎。

见韩菲要离开了,赵栎急切地说:"既然遇见了,一起走走,有空吗?""叫我吗?"

"嗯!一起走走可以吗?"赵栎说。

他很想有个人陪自己说几句话,内心压抑得太久,感觉快要崩溃了。

韩菲沉默地走在赵栎身旁,她刚才其实已经看见了赵栎在流泪,但她想不通,这个看似叛逆的男孩,怎么会在街头流眼泪呢?

走了一会,韩菲突然听到赵栎的肚子传来"咕咕"声,于是说:"赵同学,还没吃饭吧?"

赵栎确实饿了,可身上没有带钱,只好窘迫地硬撑:"吃过了。"在女生面前,他要维护自己的面子。

"可是我还没吃饭,要不,你陪我去吃一点。"韩菲望着赵栎。

"班长开口,哪有不答应的道理。"赵栎尴尬地说,"不过今天得你请客,我是陪你的。"

韩菲笑着答应。

一碗清汤粉的温暖

走到街角的清汤粉店门口,远远就闻到了一股浓郁的香味,赵栎情不自禁地咽了一下唾沫。

韩菲表现得更是急切,她深深地吸了一口气,说:"好香呀!我最爱清汤粉了。你呢?"

"我也是。"赵栎说,其实现在吃什么他都觉得香。

"老板……"韩菲叫来老板准备点东西时,掏出钱来,突然大叫一声:"糟糕!我只剩15元了,刚才买书花了好多钱。"

赵栎盯着韩菲耸耸肩,无奈地摊开双手,他也束手无策。买两碗清汤粉还差一元,赵栎第一次懊悔自己不该把钱都花在网吧。

韩菲想了一下,对老板说:"给我们煮15元钱的清汤粉,装在大碗里,行吗?"

老板爽快地答应了。很快,一大碗热气腾腾的清汤粉就端上来了,赵栎忍不住舔舔嘴唇,他太饿了。韩菲利索地盛了一大碗清汤粉,递给赵栎说:"帮个忙,多解决一点。"

赵栎没客气,接过碗,吃得喷喷香。

韩菲小口喝了点汤,她看了眼狼吞虎咽的赵栎,嘴角绽放出一抹笑意。

赵栎吃了两大碗米粉,还喝了碗浓香的汤,终于饱了。抬起头时,正看见韩菲在看他,不好意思地挠了挠头说:"都被我一个人吃光了。"

"还好有你帮忙,我正愁吃不完浪费呢。"韩菲说。

赵栎不傻,他明白韩菲的用意,所谓帮忙,不过是个借口,她只是在小心翼翼地维护他的自尊。

一股暖流在赵栎心底涌起,温暖了他那颗孤单倔强的心。

如果青春,没有了梦想

一碗清汤粉拉近了赵栎和韩菲的距离。

两人漫步穿行在人来人往的热闹街道,韩菲显得兴致勃勃。

"赵同学,你有什么梦想吗?"韩菲不经意地问。

"梦想?我这种人还能有什么梦想。"赵栎说。

赵栎冷漠的回答让场面瞬间变得尴尬起来。韩菲意识到自己刺到了赵栎的伤心处,但思忖片刻,她还是继续说:"你是哪种人?你不就是我的同桌吗?梦想又不专属于谁。"

"有些事你不会明白的,你不懂。"赵栎淡淡地说。

"赵同学,我很笨吗?"韩菲撇撇嘴,一脸不服气。

"你是班长,哪会笨。我才笨。"赵栎见韩菲不高兴了,赶紧打圆场。

"我确实不知道你经历了什么事,但这和梦想有关系吗?每个活着的人都应该有自己的梦想,都应该靠自己的努力去追逐梦想,而不是为自己找借口。"韩菲说。

沉默了一阵。赵栎决定向韩菲敞开心扉,那些压抑在心底的痛苦早就想找个宣泄的出口了。赵栎说出了一直以来让自己痛苦不堪却又无能为力的家庭变故,整个人突然就变得轻松了。他相信韩菲能够理解自己。

"赵栎,你真棒!如果我是你,可能会把事情处理得更糟,你那么爱你妈妈,真好。"韩菲说,她终是明白了眼前这个男生为什么会突然在街头泪流满面。

"青春是我们的,梦想也是……如果青春没有了梦想,该有多苍白呀!"韩菲发自肺腑地说,她多想帮助赵栎走出家庭变故的阴霾。

一起保守秘密哟

临分别前,赵栎的情绪受到韩菲的感染,也变得快乐起来了。

他看了眼身旁青春洋溢的韩菲,问:"你很幸福吧?你爸爸是不是特别好?"

"是很幸福,我爸爸……我觉得好,可能你觉得不好。"韩菲说。

赵栎愣了一下,不明白韩菲的意思。

见赵栎发呆,韩菲笑了起来:"告诉你一个秘密,你得帮我保守,要不,我在学校可就混不下去了。"

这么严重?赵栎不知道韩菲会说出什么事来。

"你们眼中的'恶魔'就是我爸。"韩菲说。

"什么?'恶魔'教导主任是你爸?"赵栎情不自禁地嚷起来。

"小声点,你怕别人听不到呀?我从来都不敢声张。"韩菲笑着说,"你知道他的严厉,我的日子过得也没你想的那么舒服,不过,我有梦想呀,我每天都是在为自己的梦想而努力,和爸爸无关。"

"'梦想是我们最好的伙伴,只要心里有梦想,你就不会孤单。'这句话是爸爸以前送我的,我现在送给你。"韩菲说。

走远几步,韩菲又转过头来:"赵栎,你得帮我保守秘密哟!"

赵栎伸手比了个"OK"的手势,笑着说:"没问题,我们一起保守秘密。"

赵栎走在夜色迷漫的回家路上,心中渐渐豁然,他读懂了韩菲的善意,也终于明白:青春是自己的,梦想也是,唯有自己过好了,才能更好地爱身边的亲人。

青春本是色彩斑斓、天马行空的,若背负上某种压力,那会是一片苍白,犹如绿洲变成荒漠。

每一颗心灵都是星星

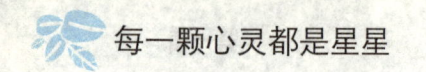

牧蚁的过度关照

薄陨

人生是一所学校,在那里比起幸福,不幸是更好的老师。

——弗里奇

南美热带雨林中有一种牧蚁。它们如人类牧羊一样,只不过"牧养"的是蚜虫,并以蚜虫排泄物为食。

为了保证不断地从蚜虫那里得到食物,牧蚁会自觉地保护蚜虫不受天敌侵害,甚至当树枝中的汁液干枯后,牧蚁还会小心翼翼地将蚜虫带到新的树枝上。更令人惊奇的是有些蚜虫产卵时也在蚁穴里,牧蚁舔着蚜虫卵,照顾它们如同照顾自己的孩子。

牧蚁群里经常发生打架现象,这是因为牧蚁牧养的几只蚜虫的排泄物,根本满足不了那么多牧蚁的食用需要,因此,牧蚁群里经常为争食而打架。可人们还是产生了疑问,受到如此呵护的蚜虫,无论是生活条件,还是食物来源供应,都已达到十分完美的程度,应该产生更多的排泄物,它怎么可能满足不了牧蚁的食用需要呢?有关人员对此进行了实验。

他们找来一只备受牧蚁呵护的蚜虫和一只自行生活在树叶上的蚜虫,利用高倍放大镜观察它们每天的排泄物,令他们吃惊的是自行生活的蚜虫排泄物,竟然是牧蚁放养的蚜虫排泄物的两倍还多。原来,备受呵护的蚜虫,因为缺少生活的历练,生存能力明显弱化,身体机能也越来越差,因此,它们的进食就会受到影响,排泄物自然就少。而反观那些自行生活的蚜虫,因为它们无时无刻都要为了生存而奔波,所以消化系统特别好,特别能吃,因此,排泄物就非常多。

  牧蚁牧养蚜虫是生活的一种需要,但它因为关照蚜虫过度反而影响了自己的食物,值得人类警醒。许多时候,并不是我们所关注的、所关照的东西就是最好的。那些被我们忽略了的、默默无闻的、自食其力的,往往聚集着无限的能量。

> 生命中处处有惊喜,那些默默无闻的卑微生命一样能给我们惊喜!

每一颗心灵都是星星

雨本无声

程刚

生命如流水，只有它向前激流勇进的时候才有意义。

——张闻天

悟远正坐在禅院里思考人生，大师走上前，问他在思考什么。悟远急忙起身，对大师说："师父，想我以前的生活磕磕绊绊，一点都不顺利，恐怕我这一辈子可能碌碌无为了，我好伤心啊！"大师听后沉默了一会儿，看向阴霾的天空。

不一会儿，大雨倾盆而下，大师带着悟远来到屋檐下，问悟远："徒儿，你知道雨有声音吗？"悟远一笑，对大师说："当然有了，师父，你听这雨声，噼里啪啦的，多大啊，场面多壮观啊？"大师笑了，对悟远说："不，徒儿你错了，雨没有声音。""可这声音明明这么大，怎么能没有声音呢？"悟远倔强地反驳。

大师静了静，对他说："雨本无声，可它落下来的时候，砸在了屋檐上，砸在雨棚上，砸在了窗户上……才有了声音，所以，你听到的不是雨声，而是它砸到物体后发出的声音。"悟远一听，红着脸低下了头。

大师顿了一会儿，对悟远说："雨从天上落下来本无声音，是遭遇了阻拦才反弹出壮观的声音，徒儿，不知你有何悟？"悟远摸着脑袋思考了半天，无法领悟师父的点拨，忙请师父指教。

大师一笑，对他说："雨似人生。我们每个人的人生都很平凡，就像雨本来没有声音一样,但当我们人生遭遇了阻拦的时候,我们的人生就有可能像这雨一样,本来无声却创造出了巨大的声音,所以,你的人生要感谢有挫折。"大师说完看着悟远。

悟远听后,眼前一亮,对大师说:"师父,人生只有遭遇挫折,才会发出掷地有声的生命回响,勇敢地面对挫折,我的人生也会像这雨一样,越来越响亮。"

大师听后,高兴地点头。

> 每一次滴落,都像是一次拼搏,一头扎进人海,跳脱自如;每一次声响,都像是呐喊,从灵魂深处响起,拼尽全力!

每一颗心灵都是星星

倾听鸟鸣

再来苏林

久在樊笼里,复得返自然。

——陶渊明

鸟,是大自然里的精灵。

我的住所周边有山有水,有花有草地,随处都是鸟的乐园,它们可以与人一样诗意地栖居。倾听吧,鸟的叫声多么清澈,不需多久,你心间的尘埃就被这鸟鸣拂净了;而你的想象却也随着鸟鸣婉转起来,这鸟鸣声好似一串银铃,更像一根青翠的竹笛。它们长得小巧可爱,眼睛滴溜溜的,嘴巴又小又尖,灰色的翅膀一展,震动空气的声音却很大,在小河旁,在田野间,往来兜转。又鸣叫在农家院落里,它们的鸣叫声我不讨厌,我觉得那叫声含着一种朴实的温暖,真切得有

如吃到农家地道的小菜一般。转而再听，"喳喳喳喳"，忍不住抬头瞧去，只见是另一种鸟，尾翼翘得好高，人们管它们叫喜鹊，仿佛只要它们一来，好消息就在不远处了，它们就是来报喜的，所以人们更喜欢它们的叫声，更愿意看到它们的出现。

　　我觉得鸟与鸟之间的啼鸣充满了神秘性，但我想，这种神秘却正是它们的可爱之处。我记起有一天清晨，我与一位朋友开车前往一个古镇，路过一片村庄，透过车窗可以看见碧油油的稻田边落满了羽色漆黑的小鸟，并且不断有新的鸟儿在向这边飞来，那情形仿佛是场家庭聚会。我让朋友把车开慢些，并且不要摁喇叭，莫去打扰这些可爱的精灵。朋友也是热爱鸟的人儿，她把车停在了路旁，拿出相机，摇下车窗，对着天空和地面的这群鸟一阵取影。鸟儿们起初有些慌乱，但见我们无甚恶意，便自行其事起来。过了一会儿，它们慢慢地都飞远了，向着不同的方向飞去。这就是它们神秘的地方，仅仅是一段简短的鸣叫，就很快清楚彼此的信息。而这场聚会是它们偶然的相遇还是早有筹划的布局呢？这种鸟在苏南似乎并不常见，模样颇似喜鹊，只是身形较小，但动作敏捷。

　　对于喜爱游玩的人来说，遇见鸟更是常见的事情。而我，若是游玩中遇不到鸟，听不到它们的鸣叫，会觉得这场旅行不够完整。我还记得2009年4月在苏州阳澄湖边的情景，在沿着湖岸游走时，看见树上的花叶正在和春风彼此嬉戏，湖水中的苇草也摇曳出一圈圈涟漪。有两三只的，有一群群的，悠然飞过湖面，使得湖水更加富有生机。

每一颗心灵都是星星

我喜欢倾听鸟鸣,这似乎是好多年的事了。尤其是回到自然腹地的时候,那里的鸟鸣让一个人看见自己内心的纯粹。自然与人是和谐一体的,当你看到那些弯曲的河滩、那些淙淙的溪流、那些水中与岸边杂错生长的水草、那些鱼虫、那些挂着露珠播出小鸟歌声的树木、那些田野间吃草的牛马、那些躬耕的农人的时候,你会觉得一种归属感油然而生。而这时的鸟鸣,似乎是这幅美妙图画里交织起来的锦线,或明或暗,远近适中。

我喜欢倾听鸟鸣,亲爱的你,请一起来倾听吧!

听惯了城市的喧嚣,耳朵开始有劳累的感觉。抽空倾听自然的声音,让灵魂清净!

桉树供水的启示

程骏驰

劳动者的组织性、纪律性、坚毅精神以及同全世界劳动者的团结一致,是取得最后胜利的保证。

——列宁

杏仁桉是植物界的高个子,它的身高一般在 100 米以上,据记载,世界最高的一株杏仁桉达 156 米,相当于 50 层楼房那么高。

众所周知,植物自身的供水如平时居住在楼房中的人类一样,必须靠一种强大的压力把水推向高处,住得越高需要的压力就越大。杏仁桉的最低高度有 100 米,树身压力能将水压到最顶端吗?经研究考证,杏仁桉自身压力只能将水压到树高的一半,往上再无压力,这就预示着,杏仁桉中部以上得不到水分补充。可现实情况却是,它中部以上郁郁葱葱、非常茂盛,那么,供给水分从哪里来呢?这源于杏仁桉自有一套输导水分的妙法。

这种方法,是靠叶子的合力把水"拉"上来的,而这种拉力远大于根部的压力。杏仁桉叶子有蒸腾作用,水分从叶表面的气孔散失到空气中后,叶肉细胞会向旁边的"同伴"要水,"同伴"的水分分给它以后,自身的水分便不够,于是,它再向旁边的叶肉细胞要水……就这样,叶肉细胞通过吸水的力量,把这个接力棒一棒一棒地传递下去,最终传递到靠近树干的那片叶子,而此时,这片叶子正好在树干的水压边上,水源丰富,它自然就会从树干中得到充足水分供给向它要水的"同伴"……

　　杏仁桉靠着叶肉细胞,手拉手传递力量,一环套一环,最终实现了最顶端叶片的供水。这种补水方式也给我们人类提供了很有意义的借鉴,它告诉我们,只要团结一致、紧密配合,不抛弃、不放弃,最终我们会战胜各种困难取得成功。

　　自从有了人类,团结之花就处处开遍,从石器时代再到农耕时代,人类一次次文明与进步,都是团结结出的果实!

戴龙鼠与叽喳鸟

薄陨

> 有志者事竟成，破釜沉舟，百二秦关终属楚。
>
> ——蒲松龄

乌拉圭草原上有一种鼠叫戴龙鼠，这种鼠群居，每个群落固定七只。随着时间的推移，鼠群不断繁殖，群落数量会发生变化，当数量超出七只的时候，它们内部便会产生争斗，其中一只会成为群起攻之的对象，这也预示着它将被清除出这个队伍。被清除后的戴龙鼠，生命状态完全发生了变化，找到一个废弃的洞穴，不再像以前那样每天辛勤地觅食，而是到处偷食，偷到东西就吃一些，偷不到就守在洞口处凄惨地叫嚷，直到有一天死去。虽然大部分被清除的戴龙鼠命运如此，但也有通过自己的勤快加入缺鼠的群落，也有自动地凑在一起组成新的群落而重新开始生活的。

巴西大草原上有一种叽喳鸟，顾名思义，它时常会发出叽叽喳喳的叫声。这种鸟不会飞，像小鸡一样只能在陆地上行走。叽喳鸟的巢经常遭袭，或是被突如其来的洪水冲走，或是遭遇红狐而被袭击得支离破碎……它的窝一般不会用到两个月。虽然遭受如此不幸，但叽喳鸟似乎天生有一种韧劲，窝被破坏一次，它便会重新再建一次，而且每次重新筑巢都在提升效率，长此以往，它筑巢的功夫大长，就算巢被破坏也没事，因为它完全有能力在四个小时以内重新选址再建一个新家。

每一颗心灵都是星星

大部分被清除的戴龙鼠本可以重新开始生活,可它没有做到;叽喳鸟的家屡遭破坏,却在坚持中锤炼出更强的生存本领。一位哲人曾经说过:"自暴自弃便是命运的奴隶,自强不息才是生命的天使。"戴龙鼠和叽喳鸟谁是奴隶谁是天使一目了然,它们是不是可以为我们的生活提供许多借鉴呢?

自暴自弃不过是弱者选择停滞不前的一种表现。经常退缩,就会成为习惯,困难接踵而至,不可收拾。

每一颗心灵都是星星

第二辑 那些开在伤口上的花朵

每一个生命,一如植入土壤的种子,都要经历黑暗和风吹雨打。生活的种种磨难和挫折,带给我们伤痛的同时,也给我们的成长提供了充足的养料和能量。当不幸来临,坦然面对,用微笑迎接未来,用汗水润泽心灵,那些疼痛的伤口,将会开出一朵朵灿烂的花儿。

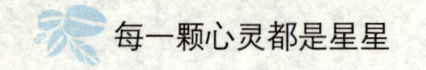

会点灯的鸟

小刚

往者已不及，尚可以为来者之戒。

——王安石

印度山林里有一种鸟叫巴耶鸟，这种鸟善于筑巢，但工艺却不太讲究，凡是它筑的巢，巢壁都比较厚，再加上筑的巢瓶子状，巢内透光不好，非常暗。

虽然筑巢工艺不太讲究，但巴耶鸟能很好地解决这个问题。巢筑好以后，它们会飞到附近的沼泽地，衔回很黏的泥土，然后把它粘到巢内壁上，制造"灯座"。"灯座"做好以后，巴耶鸟会飞到山林里捉来萤火虫，然后用爪子把萤火虫固定在黏土上使它飞不走。这样连捉几只萤火虫后，巢内就被照得通明。几天后，萤火虫身体失去机能不再发光后，巴耶鸟便会再换一批萤火虫，就这样，确保了巢内始终光亮透明。

巴耶鸟还有一个现象值得注意，虽然它堪称筑巢高手，而且聪明地解决了巢内光亮的问题，但它总是频繁地更换巢穴。通常筑好的一个新巢，用不到两个月便会重新筑巢，更换新家。原来，巴耶鸟频繁换巢与它"点灯照亮"有关。为了解决巢内光亮问题，它衔来黏土，然后捉萤火虫照亮。但几天后，萤火虫不能发光更换新的萤火虫时，原来的底座已经硬了，根本无法粘住萤火虫，它只好再去衔黏土打底座。要命的是，每次打好的底座不能使用后，它根本不清理，致使巢内的"灯座"越来越多，越来越挤占巢内的空间，直到把它们自己挤走。

　　巴耶鸟非常聪明地解决了巢内照明的问题，倘若它能再考虑周全一些，一个"灯座"不能用以后，及时把它从巢内清除，它就没有必要这样频繁地更换巢穴了。这个现象应该引起我们人类的反思，许多时候，我们可以用我们的智慧解决很多难题，但我们往往在解决难题之后没有进行必要的总结和思考，最终致更大的困难接踵而至，让自己陷入困境。

　　善于总结，是生活的技能。总结是为了整理经验教训，提醒自己不至于再犯同样的错误。保持总结的习惯，会减少犯错的机会。

每一颗心灵都是星星

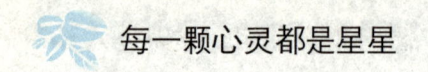

那些开在伤口上的花朵

化君

没有谁比从未遇到过不幸的人更加不幸,因为他从未有机会检验自己的能力。

——塞涅卡

一个偶然的机会,在电视里看到关于红豆杉的报道,知道了红豆杉更多的妙用和价值。红豆杉是几百万年前的第四纪冰川后遗留下来的一种古老树种,被誉为"生物黄金",是国家一级保护树种。它不仅可以治癌,而且用它泡出的酒,香醇甘冽,延年益寿。红豆杉比任何一种树木释放氧气的时间都长,能吸收更多的毒气,不愧为"最美环保卫士"。

红豆杉的价值这么大,我国幅员辽阔,为什么不大面积培植呢?红豆杉生命的秘密帮我们知晓了这个答案。

红豆杉的种子埋到土里,无论多长时间,它都不会发芽,只有小鸟才能帮它完成这个使命。红豆杉的果子被小鸟啄食进肚子,再经过绞拌机一样的胃的研磨,坚硬的外皮支离破碎,等到小鸟排泄时,种子随粪便掉落到泥土里。慢慢苏醒后,伤痕累累的种子在阴暗的地下,一边独自舔舐伤口,一边积蓄力量,直到"噗"地爆出地面,绽放出一朵美丽的生命之花。

看过一个故事。在遥远寒冷的西伯利亚,有一片一望无际的针叶阔叶混交林。在这片混交林中,生活着一种奇特的驼鹿,它们的腹部布满了美丽的花纹。

第二辑　那些开在伤口上的花朵

当地人常常去森林里打猎,因为驼鹿的美丽,有人捕猎后便把它们豢养了起来。在他们的精心喂养下,驼鹿生下小鹿。可他们发现,驼鹿生下的小鹿和其他鹿一样,腹部并没有好看的花纹,于是便想,或许长大了才有呢,可直到四年后小鹿成年,他们期待的美丽花纹仍然没有出现。这件事引起了俄罗斯动物学家的注意,经过长期跟踪研究,他们终于找到了答案。

原来,驼鹿的花纹并不是先天就有的。每年秋季来临,母鹿都会带领小鹿找一个荆棘丛生的地方,排着队,依次跳跃着穿越大片荆棘丛。因为幼鹿个子矮小,它们的腹部被划出一道道血痕。腹部受伤的小鹿即使吃得再饱,也不能躺下休息,那样,腹部更是疼痛难忍。这些受伤的小鹿就一直站着吃草。有人觉得母鹿太残忍,草原广袤,为什么非要从这片荆棘丛中穿越? 其实,这是母鹿让小鹿储存足够御寒的营养和能量的一种方式。

小鹿需要经历三个被荆棘刺伤的秋季才能成年。它们稚嫩的腹部一次次被荆棘扎伤,伤口又一次次被撕裂,这些伤痕最终却变成一道道美丽的花纹。

我有一个学生,叫云。云爸爸是一家大公司的老板,云平时花钱大手大脚,身上的衣服全是名牌。她不喜欢学习,她说,以后大不了进爸爸的公司,再大不了,什么也不做,爸爸挣的钱就够她这辈子用的了。

天有不测风云。高一时,云爸爸的公司破产了,面对银行的巨额贷款,云爸爸整天唉声叹气。一天,云爸爸开车参加朋友孩子的婚礼,路上不幸出了车祸。从此,云妈妈一天到晚寻死觅活,无心顾及云的生活。面对从天而降的灾难,云仿佛一夜之间长大了,不仅从此变成一个乖乖女,身上的名牌也换成了校服,并开始和同学一起吃大食堂。有时嫌菜贵舍不得买,啃个馒头就把一顿饭打发了。

云学习也非常刻苦,她一边认真听课,一边挤时间补习前面落下的知识,有时都学到夜里一两点。老师和同学看她实在辛苦,劝她休息,她说,一旦停下来,心就会痛,甚至无力生活下去,只有忘我地学习,才能忘掉眼前的一切不幸和痛苦。

　　云的学习成绩直线上升,高三会考,每次她的排名都在全校前十名,最终被一所名牌大学录取。去往大学的前一天,云来找我,她笑着说,家里的不幸对她打击很大,但也让她懂得了生命的意义。

　　每一个生命,一如植入土壤的种子,都要经历黑暗和风吹雨打。生活的种种磨难,带给我们伤痛的同时,也给我们的成长提供了充足的养料和能量。当不幸来临,坦然面对,用微笑迎接未来,用汗水润泽心灵,那些疼痛的伤口,将会开出一朵朵灿灿的花儿。

　　每一朵木棉花都有自己的春天。都像是经历了一个冬天蛰伏于地下的种子,顽强而且坚韧,只待春天到来,便迎风盛开。

读书要除功利心

飞龙在天

生活里没有书籍,就好像没有阳光;智慧里没有书籍,就好像鸟儿没有翅膀。

——莎士比亚

没有功利追求,你还会读书吗?面对这样的问题,不同的人的选择可能是很不相同的。

而时下某些人读书,往往功利心太重。比如写诗、写文章,有人就会问这有什么用。若告诉他,只是喜欢而已,没什么用。那人听了便会摇头,用异样的眼光看你,或许还会说:"有时间干啥不好,还看书?"如果你告诉他写东西能有稿费,或许还能出名呢。那人的态度可能瞬间又来个一百八十度的转弯,对你另眼相看,赞许地说:"有头脑啊!这年头琢磨挣点儿钱才是正事儿。"

在以"学而优则仕"为价值观的社会,人们为了当官、做"人上人",可以经年累月埋头苦读,一次考不中就考两次、三次……有人甚至熬白了头,直到考不动了,才很不甘心地放弃。

现在,不少人对读书仍抱有很强的功利心。不论在家中,还是在学校,人们常常接受这样的灌输:"只有好好学习,将来才能考上大学,找份挣钱多的好工作。"这些人读书似乎就是为了一纸文凭,然后找份好工作。社会的现实也把人们往这个方向推动。倘若没有文凭这块"敲门砖",即使你很有才能,也可能被许多门槛无情地挡在外面。读书往往受这些外界的诱惑,一旦得到,便

每一颗心灵都是星星

放下书本,一心发财;而得不到,则高呼上当。

其实,不少时候我们需要一种无关名利的阅读。它就像精神的面包,为生命所需。吃饭强健身体,读书则强大精神。一个人,即便骨骼健全,倘若精神上有缺陷,他也不是一个健康的人。这个道理对一个民族亦是如此。而读书恰能弥补这方面的不足。很难想象一个不爱读书的民族如何拥有智慧、文明和伟大。因此,应有这样一分豁达,把读书当作生活习惯,超越浮躁,获得真知,完满人生。

> 读书是为了什么,读书为了找一份好工作没什么不好,但更重要的却是通过读书来更有深度地去感知这个世界,探究生命的本质和内心深处的自己。

差生也能造原子弹

庞启帆

我有幸成为普林斯顿大学的学生,不幸的是,第一个学期结束,我的成绩惨不忍睹,几乎所有的学科都是 D 和 F。教务长决定把我降级为试读生,并宣布,如果第二个学期我再有一门功课不及格,我就得卷铺盖走人。

第二个学期一开始,我就强迫自己对所选修的学科产生兴趣。其中,我选修的一个学科叫作"核武器战略及军备控制",每周三个学时。一个周一的早上,著名物理学家弗里曼·迪森在课堂上跟大家讨论原子弹的问题:"原子弹的威力大家都知道,这在日本的广岛和长崎也已经得到证明。你们说原子弹的威力这么大,那么制造一枚原子弹到底需要多少原料呢?"

全班没有一个人回答。

迪森教授一笑,继续说:"各位都知道,制造原子弹的重要原料是钚。要制造一枚低当量的原子弹仅需 15 磅的钚。如果增殖反应堆被广泛应用,那么每年运送到美国的钚可以制造出几千枚原子弹。这些钚很有可能被盗走或在运输途中被劫走。"

很多同学马上说,这样的话,恐怖分子岂不可以自制原子弹?

"不可能!"一个同学反驳道,"恐怖分子没有制造原子弹的技术。再说,他们也无法得到资料。"

不可能?还是有可能?这个问题开始在我的脑中挥之不去。我查阅了参考书,结果发现:一位著名的核物理学家说,恐怖组织可以轻易地从核反应堆中盗取钚或铀,然后运用已经公开的资料设计出可以引爆的原子弹,而且,除了钚,别的所有材料都可以合法地从五金商店或者化工公司买到。

突然,一个念头在我的脑中蹦了出来:像我这样连中等水平也算不上的物理系的学生能够设计出一枚理论上可以引爆的原子弹吗?如果成功的话,我相信教务长肯定不会让我退学了。我决定去请求弗里曼·迪森教授做我的导师。

"我可以给你指导。但是,你要明白,我参与的是政府的机密工作,任何绝密资料我都不能说给你听,我能给你提供的资料只能是在学校的图书馆查到的。还有,由于涉及政府的机密,所以凡是有关原子弹设计的问题,我既不能回答'是',也不能回答'不是'。"迪森教授淡淡地说道。

"是的,先生。我明白。"我答道。

几天后,迪森教授交给我一张书单。我兴奋极了,但一瞧上面所列的书目,马上感到失望。他列的都是一些普通核物理和当代原子理论方面的书籍。这些都是一般原理的教科书嘛!我原本还指望他能给我多一点指导呢!

随后,迪森教授也只向我解释核物理的普通原理。如果我问及具体的设计或者数据时,他就会扫一眼我的图纸,然后把话题岔开。刚开始时,我以为他这样做是默认我做对了。为了确认这一点,我给了他一个错误的数据。结果,他看过后,又岔开话题。

一个月后,我去了趟华盛顿特区。我听说那里有一份已经解密的核工程文献。果真,我找到了那份详细描述20世纪40年代初期最前沿的科学家都知道的原子裂变细节的文献。

当我把那份文献放到迪森教授面前时,他的表现很震惊。这让我确信,我肯定可以拿出一个有价值的方案来。

要引爆一枚原子弹需要很多精确的配置材料,这些材料多数是如何引爆反应堆保护层外围的炸药。这些不同的炸药的排列则是制造原子弹的最高机密。而这也是我需要攻克的最大的难题。

接下来的三个星期,我什么课都不上了。我不分昼夜地干着。我从一个恐怖分子的角度去思考每一个问题:这枚原子弹的造价不能太昂贵,设计要简便,而且体积要小,小到能装进汽车的后备箱。

我的设计实质上是在拼凑一个复杂的七巧板游戏。我每天都在浏览文件,寻找尚未解密的知识领域。一旦解决了那个板块,我就马上拼凑上去。

离第二个学期结束还有三周,这个"七巧板"还差两块没拼好。一是要使用哪些炸药,二是这些炸药应该如何围绕钚排列。又一周过去了,对这两个问题的研究我没有取得丝毫进展。我不得不重新审查我的整个设计过程。哦,上帝,原来有几个数据被我计算错了。

还有10天时间,我又审查了一番整个设计过程。如果我的化学方程式正确,我的这枚原子弹的威力不会比投放广岛与长崎的那两枚差。但是,我必须了解要使用的炸药的性能。

学期结束倒计时第九天上午,我打电话给杜邦公司(美国大型化学公司),找到了化学炸药部经理格拉夫斯。

"您好,格拉夫斯先生,我是普林斯顿大学物理系的一名学生。我正在研究在一个球形的金属体内放置某种极高密度的炸药的排列问题。您能给我推荐一种符合这一要求的杜邦公司的产品吗?"我开门见山地说。

"当然可以。"他愉快地说道,"就您说的这种情况,我们公司的产品完全可以解决这样的密度问题。"

我顺利得到了急需的信息。

学期结束倒计时第八天下午,我拿着写好的论文直奔物理系大楼,闯入系主任的办公室。系主任停下手中的工作,像看怪物一样地看着我。我已经一个月没有刮脸了。

"我想给您看一篇论文。"我说。

每一颗心灵都是星星

学期结束倒计时第五天上午,我再次来到物理系主任办公室。系主任却不在,我的论文也不见了。

"你是设计原子弹的那个学生吧?"秘书问我。

"是的。"我答道。

"系领导已经开过研讨会,打算把你的论文作为保密项目交给美国政府。"秘书盯着我说道。

我差点儿没晕倒。好一会儿,我不知说什么,但心里响起一个声音:"我想我不会被退学了。"

> 每个人都有可能时时刻刻成为新的自己。每个人都是一样的,相信自己,就是成功的第一步。

告诉你一个秘密

马朝兰

仰之弥高,钻之弥坚。

——《论语》

1

从步入学堂的第一天开始,他就如一朵僻幽的山花,在茫茫人海中,无关风尘地开谢着。没有人知道他叫什么名字,也没有人想去解开这个毫无价值的谜团。

他渴望走进他们中间去,与他们一起在溢满草香的校园小径上欢笑,一起簇拥着放下学,一起逃课到遥远的西山上抓鱼。在旁人看来,这都是些平凡至极的事件,可对于寡言自闭的他来说,却是一连串闪亮而又模糊的梦。

站在偌大的群体里面,他时常感觉自己像一块玻璃。譬如,清晨做广播操时,站于他身前和身后的两位同学,总能将眼神透过他的身躯,叽叽喳喳说笑不停;譬如,在全班自由调整座位时,即便等其他同学都选定了,他再缓慢进入,也还是改变不了一人独占课桌的局势;譬如,有人在课堂上传纸条,快到达他所在的位置时,别人宁可叫应他前面的同学,也不愿顺手把纸条给他……

他开始阅读很多关于交际的书籍。书上说,得有勇气打开自闭的大门,向别人袒露你的诚意,这样,别人才会由衷地接受你。于是,他决定在某个午后,独自走上讲台,慷慨激昂地和台下的同学们说:"我想和你们做朋友,可以吗?"

为打开这扇自闭的门,他做了很多努力。他甚至知道,深呼吸和自我暗示可以排除内心的恐惧和紧张。

一个流光四射的午后,他耷拉着头,穿过走道,欲独自登上讲台,他想,他该说出自己的心声了。踏上讲台的一刻,他感觉瞬间气血翻涌,险些无法喘息,凝神寻思,赶紧在众人的一片惊愕中拿起黑板擦,急速转身,化惊恐为力量,猛烈地擦黑板。

2

体育课上,老师让做一个名为"抱团"的游戏,众人手拉手,围成一个大圈,不断奔跑,老师站于中间,等混乱之时大说一个数字后,众人迅速抱团,每团的人数必须与老师口中所说的数字均等,要不,就判为输家,得出一个有新意的节目。

不管老师说"5"还是说"6",他都是输家。很多次,他想要冲入人群之中,与他们抱成一团,却每每都被决绝冷漠的眼神挡了回来。

那个原本他决定打开心门的午后,成了他一生的伤痛。站在风尘呼啸的操场上,他从未如此绝望过。看着那些嘲笑的脸,他忍住泪水,游戏了一下午,也被罚唱了整整一下午的《明天会更好》。尽管很多人到后来不愿再看他的节目,可仍是没有办法。只有他一个人输,并且,他只会唱这一首流行歌曲。

后来,他在众人的嘘叹声中完成了最后一次表演。那个夜晚,他倒在门窗紧锁的书房里哭得忘乎所以。几近天亮的时候,他给班主任写了一封绵长的求助信,希望能通过老师的帮助来获得同学的认可。哪怕,一个也好。

次日午后，班上的两个坏同学先后被叫了出去。归来后，他们特意看了一眼仍旧闭塞的他。

他惶恐不已，他以为老师把他们俩严厉批评了一顿。因为他在信中明确指出就是他们俩唆使周旁同学不要与他交朋友。如果真是这样，他的麻烦就大了。这两个无所事事的坏同学，一定会在放学的小路上找他算账。

放学后，他静坐在教室里，企图等他们走后他再回去。岂料，他们竟也一起坐在教室里！

等人走得差不多的时候，他们俩上来了，他想跑，可腿脚一下子不听使唤了。他握紧了书本，心想："要是他们动手的话，我也得做点反抗吧？""哥们儿，我们一起回去吧！"两双温热的小手同时搭上他的肩膀，再从肩膀滑向他的背后。抬头触及他们真挚的眼神，他不忍拒绝。

他第一次与他们笑过溢满草香的校园小径。没人看到，那个暮色四合的黄昏，他的双眼里一路都噙满了泪水。

后来，他的朋友越来越多。他做任何事，碰上任何困难，只要旁人看到，就算他不开口，他们也会第一时间前来帮忙。

他无时无刻不在感激着自己的班主任。他想，是老师把自己的诚意传达给了同学们。因此，他开始努力学习，想用最好的成绩来回报恩师。

3

高考之后的毕业联欢会上，其中一位落榜的坏同学缓缓朝他走来，坦然地说："我决定补习，将那些遗落的知识重新捡回来。当然，谢谢你两年前对我的肯定和鼓励，希望明年我们能在大学相见，继续这段未完的友谊！"

说完，坏同学向他伸出了手掌。他迷茫地握住这双真诚温暖的小手，内心一片风暴。

每一颗心灵都是星星

会后，他终于鼓起勇气，拉住这位坏同学悄然问道:"你说我鼓励了你,什么时候？"

那人狡黠地看了看他，从兜里摸索出一张陈旧的纸条，上面赫然写道:"告诉你一个秘密:你注意到班上那个最自闭的同学了吗？我对他做了一个调查，问班上最热情，最有潜力的同学是谁，真没想到，他给我的答案竟然是你！我想，他不曾与旁人交往，也就不可能对谁存有私心和偏见。因此，这个答案该是最为公正的。最后，希望你不要把这个秘密告诉其他的任何一位同学，免得伤了你们之间的和气！"

握着这张时隔两年的纸条，他的泪水奔涌而出。一直以来，他都以为是自己的诚意感动了周围的同学，殊不知，原来是恩师的良苦用心起了作用。

当然，他一辈子都不可能知道，这样的"秘密纸条"不光是这位坏同学收到过。那位年过半百的老头，曾一天写一张纸条，发一张纸条，足足花了两个月的时间才把这个"秘密"传达给与他相关的每一人。

我们都曾有过这样一段时光，需要被支持，需要被认同，那是一段苦闷的日子，也许我们也曾这样爱过一个人，默默地做了很多事情而从不让他知道。

自卑窗外有花丛

王万龙

一个人是否有成就,只要看他是否具有自尊心和自信心两个条件。

——苏格拉底

1

同桌说"班上女生就属李小莫最丑"的时候,我刚走到笑声四起的教室门外。李小莫怔怔地站在门口,不知所措,最后,故作从容地低着头,转身晃着肥壮的大腿去了厕所。

这是班上男生最中意的一个恶作剧。他们有事没事就把班上所有同学的花名册拿出来,评选"城中三最"。何谓"城中三最"?很简单。那便是指班上最丑的,最小气的,最蠢的三个人。

当然,同桌不曾知道,他们在教室里吵吵嚷嚷着评选"城中三最"的时候,李小莫就黯然地站在门口。他们对着惨白的花名册,笑得前仰后合,还不忘各抒己见。

"嘿,你别说,我起初没觉得李小莫有那么丑,但经你这么一说,我倒是发现了。她的大腿至少有那么壮,脑袋至少也有那么大。"旁边一位男生一面说,一面蹲在课桌上夸张地比画着手势。

一帮人站在他的周围,像忠实的听众,不停地点头附和。我一进门,他们便涌到我的跟前,一本正经地问:"小子,你终于来了,你说说,班上女生谁最小气?这一块你最有发言权,你可是咱们班的班长。所有男生里边,就你和女生接触最多!"

我破天荒地沉默。说实话,起初,我也乐衷于这样的玩笑,无伤大雅的同时,又能自我娱乐,却不曾想到,这样的做法,会让被评选上的人万般落魄。譬如,门外的李小莫。

2

李小莫没来上第一节课。班主任一脸风雨地问:"有谁知道李小莫去了哪儿?"不曾有人回答。班主任接着问:"她一般和谁在一块儿?"这时,喜好恶作剧的同桌开口了:"老师!她一般和自己在一块儿!独来独往!"哄堂大笑。不过,我们不得不承认,他说的是实话。似乎,我就不曾看到李小莫和哪个同龄的朋友一同进出校门。她总是耷拉着脑袋,坐在教室的角落里,很少开口说话。即便放学,她也是等到楼道里的人都去了大半,才拖着肥胖的腿缓缓地起身出门。

课后,我骑着自行车在校园里呼来逛去,我希望能搜索到李小莫的影子。毕竟,她的学习成绩那么差,如果再落下这些课程,高考八成只能是重在参与了。

夏风徐徐的操场上,李小莫一个人在荒凉的跑道上大汗淋漓。我鼻子有点发酸。记得很早之前,班上有漂亮的女生说,激烈的运动可以减肥,我想,李小莫是真把这话当真了吧。

我说:"李小莫,你为什么不去上课?"她对我的提问置若罔闻,仿佛我就是块洁净的玻璃。我骑着自行车跟在她身后,许久之后,终于再次鼓起勇气说:"李小莫,我可不希望我的同桌整天无故旷课!"

李小莫停下身来,瞪大了眼睛看着我,一脸茫然地问:"谁?谁是你同桌?"

我一脸讪笑地看着她,不语。她寻思片刻后,终于决定相信这个事实。于是,只好照旧耷拉着头,默然地回到教室。

我从班上最为宝贵的黄金分割地,搬到了非洲贫民窟。原本在我周围的那一大帮同学无不愤愤地说,要找老师理论,这样调动座位,太荒唐了。我起身制止了他们:"没什么,我觉得挺好的,你们似乎都不知道我是远视眼吧?"

就这样,在一片惊呼与诧异中,我和李小莫成了同桌。

3

当我把一封粉红的信件递到李小莫的课桌里时,心里像揣了一只破笼的兔子。信中,我言不由衷地说:"李小莫,其实你很漂亮。只要你敢于把头抬起来,我想我们就一定会成为无话不谈的好朋友,一起上课下课,吃早餐……"

李小莫看完信后,一整个早上都不曾把头抬起来。我沮丧极了,以为自己盲目的举动深深刺伤了李小莫,以至于她都不敢再抬头凝视黑板。殊不知,放学前五分钟,她却递给我一张淡蓝的纸条:"我们真会成为朋友?你不觉得我很丑?"

我欣喜极了,连最后一道函数题都没听进去,沙沙地在纸上写下了一大段潦草的字迹:"我们现在就是朋友。当然,前提是得你愿意。我从来没有觉得你丑过,我很乐意和你一起上课下课,吃早餐。不知姑娘意下如何?"看到最后一句,李小莫嘿嘿笑了起来。前排同学猛地转头,不明所以。他们和我一般,均是第一次听到李小莫的笑声。不到几个时辰,班上便有传言,我和李小莫早恋了。

原来的同桌跑来问我绯闻是否属实。我说:"你都知道是绯闻了,还问?若评班上废话最多,最无聊,最懒惰的'三最'男生,我估计,没人抢得过你!"

我说话的表情异常严肃。课后,我恍然意识到自己的言语可能有些过激,即便我心存善意。我给他传了纸条,只写了一句话:"知道李小莫那天为何旷课吗？因为你们评选'城中三最'的时候，她就站在门口。"

4

我跟李小莫真成了无话不谈的好朋友。我帮她补习功课，教她演讲，写作文，以及自信满满地走路。偶尔，当我回过头猛然触及她的双眼时，总能看到一些晶莹的泪花。

李小莫成了班上的风云人物。仅三个月，她的成绩便上升了20名。按照规定，有重大进步的同学，班级是有物质奖励的。

当晚，李小莫被班主任点名表扬，上台领奖。我坐在后排的椅子上，悄悄地跟她说："一定记得把头抬起来哦！"她笑笑。那是我第一次看到李小莫自信满满地站在台上。台下，有人在叫李小莫的名字。

"李小莫，你很善良！""李小莫，你很上进！""李小莫，你很勇敢……"一帮原本调皮的男生，此刻，一个接一个地站起来说优秀同学在自己心中的印象。当然，这个环节，在以前的班会中是没有的。

李小莫站在台上，情不自禁地流起泪来。班上没有一个同学笑她，只是默默地为她鼓掌。

我至今都没有告诉李小莫，那次座位的调动，并非班主任的意思，也没有告诉她，那些同学之所以那么热情和齐心，是因为我暗中召开过了秘密会议。我想，这一切都不重要了。

窗外，流光遍地，夏花满树。李小莫站在教室的走廊上漫不经心地说："原来，自卑的窗外也可以长满花丛。"我侧过头，读懂了在她眼中深藏许久的感激。

自卑是朵未开的花，需要用爱心浇灌，才能开出绚烂的花。

李宗吾怎样读书

小草

读书忌死读，死读钻牛角。

——叶圣陶

清末民初，有一奇人，冒天下之大不韪，发前人之未发，创立厚黑学，大旨言一部二十四史中的英雄豪杰，其成功秘诀，不过面厚心黑而已，还引历史事实为证。其言论一经公开发表后，一时间舆论哗然，备受争议。可是，耐人寻味的是，只能做不能说的厚黑学，竟然一版再版，至今畅销不衰。那么，这位神秘奇人是谁呢？想必大家已经知道，他就是名扬天下的李宗吾。

李宗吾生于清光绪五年一个普通的农家。早年进成都高等学堂习数理，曾加入同盟会。民国初年，出任省审计院科长，官产清理处处长，后任富顺县中及绵阳省中校长，省督学和四川大学教授。他原名世全，又改为世铨，入学后就改为世楷，字宗儒，意在宗法儒教，信从孔子。后来他发现儒教痼疾过多，遂改名为宗吾，表示与其宗法孔子，不如宗法自己。除《厚黑学》外，他还出版了《社会问题之商榷》《制宪与抗日》《中国学术之趋势》等十余部，可谓著作颇丰，影响甚广。在这里我们暂且不谈《厚黑学》及他的传奇人生，单说李宗吾怎样读书，或许我们从中可以得到某些启发。

李宗吾说他自己是个"懒人"，不好读书。其实，这是他的谦辞。试想，作为大学教授，又是学者的李宗吾，倘若不读书，那些渊博的知识从何而来？只不过他反对不得要领地多读书,读死书罢了。他举例说:熟读兵书者莫如赵括,长平之役一败涂地。读书最多者如刘歆,辅佐王莽,以周礼治天下,闹得天怒人怨。注《昭明文选》的李善,号称书簏,而作出的文章就不通。

他还打个比方,大意是说,书这个东西,如食物一般。食可以疗饥,吃多了不消化,就会生病;书读多了不消化,也会作怪,越读得多,其人越愚,古今所谓书呆子是也。

李宗吾读书有个特点,无论什么书,抓着就看,先把序看了,只看首几页,或从末尾倒起看,或随意在中间乱翻来看,或跳几页看,略知书中大意就行。如认为有趣的几句,他就细细地反复咀嚼,于是一而二,再而三,就思到别的地方去了。从上述中我们发现,李宗吾很会读书。他并非像古人那样埋头苦读、多多益善,而是随手翻翻、只观大略、学思结合、举一反三。

李宗吾说他读书的秘诀是"跑马观花"。有人曾问他:"你读书既是跑马观花,何以这《厚黑丛话》中,有时把书缝里细微事,说得津津有味?"李宗吾回答:"说了奇怪,这些细微事,一接目即刺眼,我打飞跑时,曾见一朵鲜艳之花,即下马细细赏玩,有时觉得豆子大的花儿,反比斗大的牡丹更有趣味,所以书缝细微事,也会跳入《厚黑丛话》中来。"

我们知道,中国的书浩如烟海,而一个人的精力又是有限的,即便是"跑马观花",穷尽一生也看不完。与"下马观花"或是"走马观花"相比较,"跑马观花"的可取之处在于,可以在短时间内获得所需要的大量的信息。"跑马"的目的是"观花",这就是说,在读书的过程中并非"一跑而过",毫不留心,倘若遇到"刺眼之物"(重要的、有用或有趣的信息),就要"下马"看个究竟,"细细赏玩",然后把它铭记在心,以期学以致用。

> 读书不是照单全收,不是囊括全部,读书就像是一次从沙子里面挑选珍珠的过程,留下对自己有用的东西,拿来自己用。

好文章是修改出来的

清露晨流

专注、热爱、全心贯注于你所期望的事物上,必有收获。

——爱默生

伊利亚·托尔斯泰,在写他父亲列夫·托尔斯泰关于写作《安娜·卡列尼娜》的过程时,写道:当《安娜·卡列尼娜》在《俄国导报》上连载时,十张长长的铅印打样被交给了父亲,他仔细检查,并改正错误。铅印打样被涂改成了大片的补丁,到处都是黑的。在被重新整理好之后,父亲看了"最后一眼",然后打样又变得乱七八糟了。整件事情就是重写,然后弄乱。"我只想再仔细检查一遍",父亲会说。然而,他会失去控制力,又把整本书重新改写。甚至有时候,已经铅印打样之后,第二天他会想起几个特别的词语,然后发电报加以改正。这样的重

写反复了七遍,刊登在《俄国导报》上的小说连载被中断,有时候它会接连几个月不发表。

"好文章是修改出来的。"上学的时候,老师一直这么跟我们说。但是,现实生活中,急功近利的我们,匆匆写完一篇文章,就想见诸报端。连伟大的作家列夫·托尔斯泰,写文章都是反复锤炼,一改再改。相比之下,我们是多么浮躁,多么渺小。

也正是因为作家们对写作一丝不苟、精益求精的精神,才有了许多作品流芳百世。

> 一件作品的诞生,就像是作者与自己对话,正因为这样,才赋予作品生命力。读一本书,就像跟作者对话。

每一颗心灵都是星星

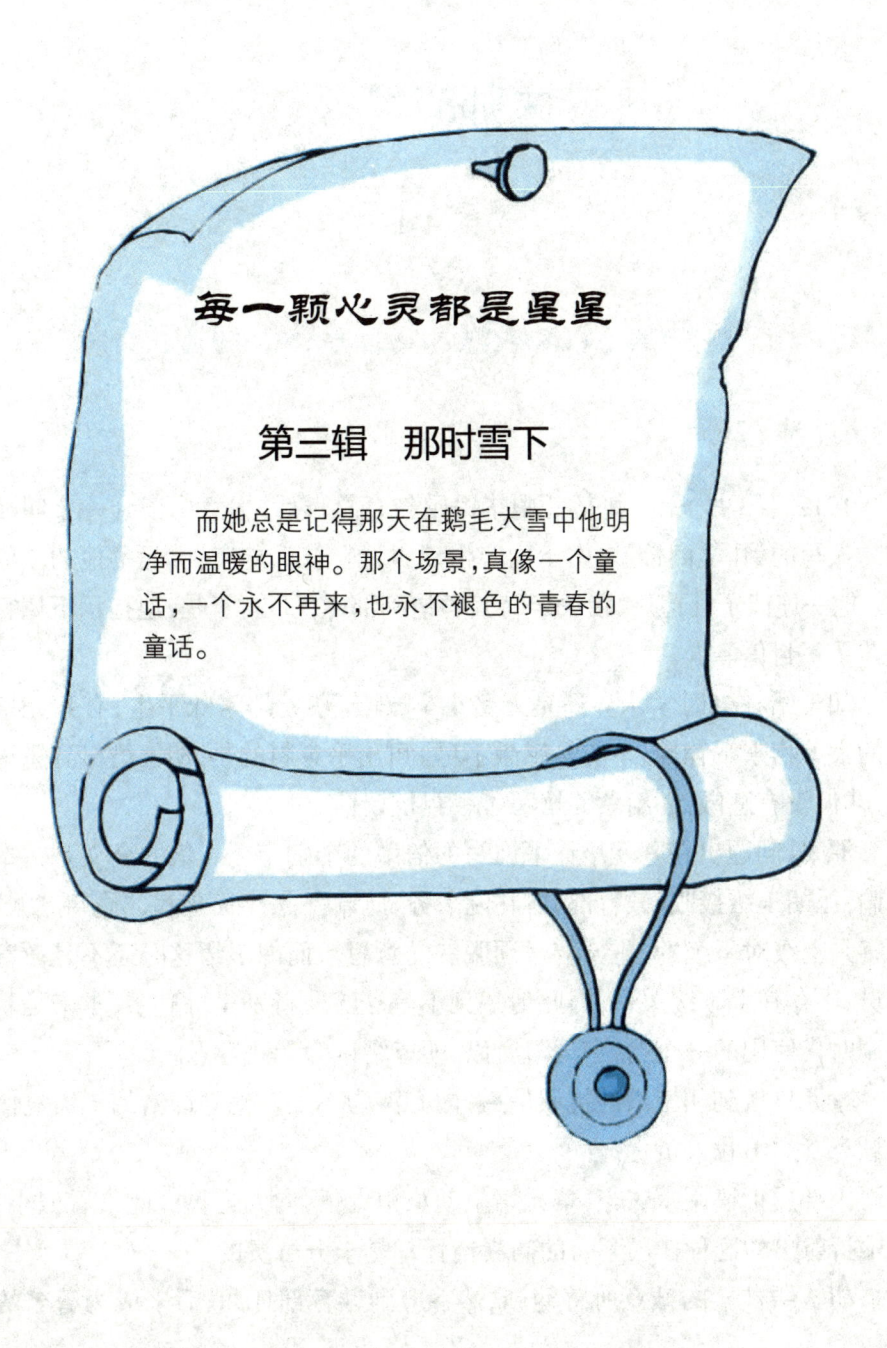

第三辑 那时雪下

而她总是记得那天在鹅毛大雪中他明净而温暖的眼神。那个场景,真像一个童话,一个永不再来,也永不褪色的青春的童话。

大师的雅量

崔鹤同

君子浩然之气,不胜其大,小人自满之气,不胜其小。

——薛萱

1912年3月,蔡元培就任中华民国教育总长后,无意中读到一个叫胡玉缙的人写的《孔学商榷》。由于内容生动、材料丰富、翔实,引起了他的浓厚兴趣。他一连读了几遍后,便决定将其聘请到部中任职。于是,他指示下属官员起草了一封信。

胡玉缙在当时学术界还是无名小卒,他与蔡元培素昧平生,有蔡元培这样的大人物来举荐他,本应是感激不尽。可出乎意料的是,胡玉缙接到邀请信后,非但没有感激,还给蔡元培写了一封抗议信。

原来,问题出在蔡元培让下属写的信中的个别字上。信的全文是:"奉总长谕:派胡玉缙接收(教育部)典礼院事务,此谕。"按字面理解,"谕"和"派"两个字是上级对下级的,包含着必须服从的意思。而胡玉缙这时还不是教育部雇员,不存在上下级关系,因此他感到不是滋味。特别是"谕"字,本来是封建专制时代使用的一个"特定词",所以,胡玉缙认为无法容忍。

蔡元培接到胡玉缙的抗议信后,内心深为不安。他立即给胡玉缙复信表示歉意,称"由我来负责"。

因部属拟稿用字失当,蔡元培主动承担责任,向人道歉。此事看似小,但从中折射出的这种律己不苟的高尚情怀却是十分可贵的。

胡玉缙被蔡的诚意所感动,欣然答应到教育部任职,后来成为著名的国学大师。

1922年3月4日,梁启超到北大礼堂做了一次关于《老子》成书年代问题的学术讲演,礼堂座无虚席,连窗台上都挤满了听众。梁启超在演说中认为,《老子》一书有战国时期作品之嫌,并诙谐地对听众说:"我今对《老子》提出诉讼,请各位审判。"

不料几天过后梁启超真的收到一份判决书。这是一篇用文学作品的形式写成的学术论文,文中称梁先生为"原告",称《老子》为"被告",自称是"梁任公自身认定的审判官并自兼书记官",以在座"各位中的一位"的身份"受理"梁先生提出的诉讼,进行"判决"。其"判决"全文如下:"梁任公所提出各节,实在不能丝毫证明《老子》一书有战国产品的嫌疑,原诉驳回,此判。"判决书的署名是张煦。

原来张煦(怡荪)当时也坐在窗台上,他听了不以为然,依靠自己从演讲现场匆匆记下的几页笔记为原材料,针对当时已名满天下的梁启超的观点,连夜撰文,逐一进行批判:"或则不明旧制,或则不察故书,或则不知训诂,或则不通史例,皆由于立言过勇,急切杂抄,以致纰缪横生,势同流产。"文章洋洋洒洒,长达数万言,全文分析严谨、逻辑严密、材料充分。

写就以后,张煦将其寄给了梁启超。心胸宽阔的梁启超收到文章后十分赞许作者的才华,尽管并不同意作者的观点,仍然亲自为该文写了如下题识:"张君寄示此稿,考证精核,极见学者态度。其标题及组织,采用文学的方式,尤有意趣,鄙人对于此案虽未撤回原诉,然深喜《老子》得此辩才无碍之律师也。"后来张煦的学术论文连同梁启超的题识,在《晨报》全文发表。

一个是血气方刚的青年,敢于向权威挑战,一个是学者风范,热情奖掖后学,文章一出,学术界纷纷传为佳话。

张煦因为研究《老子》,和梁启超结交。此后至1935年,张煦先后担任了北京大学、民国大学、北京女子师范大学、清华大学讲师、教授,山东大学教授、中文系主任、校务委员,讲授"国文""楚辞""韩昌黎文""文学专家研究",开过"文学史""古代汉语""文字学""梵藏修辞学"和"佛典翻译文学"等课程,终成著名藏学家、语言文字学家。

蔡元培和梁启超严于责己，宽宏大度，甘为人梯，提携后生，不愧为一代大师。

年轻时，闻一多对鲁迅缺乏好感，更谈不上敬重，他写信给梁实秋，标列"非我辈接近之人物"，鲁迅首当其冲。但在1944年10月19日，昆明文艺界举行纪念鲁迅逝世八周年晚会，晚会组织者对要不要闻一多参加感到为难。因为闻一多过去被认为是"新月派"，骂过鲁迅，请了他也不一定来，即使来了他也不便发表演说，但是不请他又不好。于是组织者派人去和闻一多商量，征求他的意见。闻一多听后，马上表示一定要参加，还要演讲，同时又主动帮助去请别的教授。

在纪念晚会上，闻一多发表演讲之前先回过头去向悬挂着的鲁迅画像深深鞠了一躬，然后说："现在我向鲁迅忏悔：鲁迅对，鲁迅以前骂我们清高是对的。他骂我们是京派，当时我们在北京享福，他在吃苦，他是对的。当时如果我们都有鲁迅那样的骨头，哪怕只有一点，中国也不至于这样了。……骂过鲁迅或者看不起鲁迅的人，应该好好想想，我们自命清高，实际上是做了帮闲帮凶！"

由于激动，闻一多停顿了一会儿又接着说："时间越久，越觉得鲁迅先生伟大。今天我代表自英美回国的大学教授，至少我个人向鲁迅先生深深地忏悔。"

最后他回身指着鲁迅画像旁挂的对联"横眉冷对千夫指，俯首甘为孺子牛"，又说："有人曾说，'鲁迅是中国的圣人'，就他的这两句话也是当之无愧的。"

在场的师生听后无不钦佩闻一多这种勇于解剖自己的精神。

在名人中，能以闻一多这样坦荡的胸怀，这样真诚的文字，忏悔自己，评价鲁迅，实为罕见。人一旦成了名人，面子和架子都大了，收不拢也放不下。明知自己错了，抑或闭口不谈往事，抑或硬着头皮顶下去。所以，闻一多这样坦率地批评自己，乃谦谦君子，旷达宽宏，海纳百川，越加令人敬重。

君子坦荡荡，小人常戚戚。没有什么比活得真诚更令人尊敬了。

大师的善念

春秋

人在智慧上应当是明豁的,道德上应该是清白的,身体上应该是清洁的。

——契诃夫

国学大师钱穆,在中小学教书时,认为考试分数没有明确的标准,只是用来区分学生成绩的优劣。因此,改卷时分数过 80 就算高分,极少有在 85 分以上的。因此,一个班肯定有低于 60 分以下的学生,分数不及格可以给一次补考机会。他也把这个经验,运用到燕京大学的教学中。

钱穆刚到燕京大学时,教授两个班的国文。一次月考时,他照例给了几个学生不及格。学生告诉他,按燕大的规定,新生月考不及格就必须退学。钱穆见学生有来自福建、广东等地的,上了一个月就要退学,他们能到哪里去呢?因此,他赶紧到考务办公室索取考卷,想更改分数。对方说学校没有这样的先例。他说:"我是今年新来的老师,不知道学校有这个规定,否则新生月考决不会给不及格的分数。"

对方说:"此乃私情,你现在不知道学校的规定,所批分数乃更见你的公正无私。"

钱穆说:"我一人批分数是我一人之私,学校不能凭我一人之私以为公,我心有不安,一定要取回另批。"

对方十分为难,与校方商量后才表示同意。最后,钱穆取回试卷重新批过,再报到学校,因此新生就没有退学的了。

每一颗心灵都是星星

著名历史学家、教育家傅斯年，1949年任台湾大学校长。作为校长，他首先想到的是如何发掘到高才生加以鼓励。他特意举行全校作文竞赛，颁发奖金。他亲自出题阅卷，看到好文章就约作者面谈。有一次他看到一篇好文章，极为欣赏作者的文采。在两人谈话时，他了解到该生家境贫寒又患深度近视，就问为什么不戴眼镜，该生默然不答。

1950年12月20日，傅斯年患脑溢血去世。没几天，卫生署的刘瑞恒来到他家，交给傅夫人俞大彩一副眼镜。俞大彩问是怎么回事，刘瑞恒说是傅斯年专门托他到香港为一个学生配的。俞大彩接过眼镜，说要给钱。对方连连摇着双手说："不用了，孟真（傅斯年的字）早已付给我了！"这是傅斯年为学生办的最后一件事。

著名思想家、教育家蔡元培，1901年在上海南洋公学教书，他经常向学生灌输革命思想，因此学生动辄批评时政，对清廷表示不满。学校当局唯恐被政府取缔，就下令严禁学生谈论时政。一些学生为了表示抗议，竟愤而退学。外地学生离校后，住在小旅馆中，几乎无法生活，他们派代表向中国教育会求助。蔡元培、吴稚晖等老师是中国教育会的主要成员，当时就接受了学生的请求。蔡元培自告奋勇，四处奔走找好友贷款。

当他准备去南京时，他的长子还生着重病。蔡元培为了不让二百多个学生饿肚子，不顾爱子病重，毅然起程。全校师生十分感动，纷纷送他到轮船码头。正当大家挥手告别之际，蔡家的用人气喘吁吁赶来，高声大喊："先生！大少爷不行了，你赶快回来！"蔡元培心如刀绞，含泪起程。三天后，蔡元培带着一千多块大洋回到上海，暂时解决了学生的伙食问题，但是他再也看不到爱子了。

三位大师不仅治学严谨，学识渊博，诲人不倦，而且心地善良，爱生如子。其文品人格，高风亮节，堪为楷模，为后人所仰慕。

既然做不到大师的学问，那就学习大师的精神，学不到精神，那就请学习大师的生活态度吧。

第三辑 那时雪下

赤橙黄绿是生活

小菁

生活的乐趣取决于生活的本身，而不是取决于工作或地点。

——爱默生

冬日下午的京城，常常可见一个人，衣着朴素，穿行在大小的书市，进去出来，夹了三五本书，回家摆上书柜，"最近，新进的书都快满一格了！"他搓搓手，满足地说……

"真幸福哪！"我悠然神往。"这很正常，我身边的朋友几乎都这样。"他不以为然，"还得再去，要不有一些看上的书会折磨我，一定要把它们买回来！"

不几天，这个人和他的书，又伴行在回家的路；那书与屋，又飘散出纸墨的香。

这个人，在离我很远的地方，可是有一天，他突然出现在我面前："小菁，我在博客上看了你的文字，所谓，文如其人，我就以文看人吧。一、你是性情中人，敏感而细腻；二、你喜欢文字，特别是散文类，这与你的思维结构有关系，你感觉丰富，这样的文体正好适合你；三、你的外表和内心是矛盾的，外表看似有些冷，其实内心火热；四、矛盾的地方还不仅于此，表面看，你做事一板一眼，很有章法，一般人会觉得你很有主见，其实，你经常少自信（抱歉）；五……"那一刻，我产生一种错觉，这人，难道是我的一个熟人？又或者，是我的哪位亲朋？好熟悉的陌生人。之后，每好奇问起此事，他都只淡淡说了两字:"感觉!"

"话不在多,关键是言之有物。"他说。所以,总是沉静,少语,可一聊起文字,这人就滔滔不已:"小菁,我完全是被你浸透于文字中的真诚和执着所感动,才莫名生出一种责任,唠叨唠叨……""我有预感,你一定会成为一名好作者!"

心头窃喜,耳边却掠过这样的冷语:"你有自己的天赋,有许多别人没有的东西,可是,有时候没有章法,显得有些疯长,你需要越一个坎,把文章写得平实些,把人物写好,就特别好看!"

"你需要我这样一个读者,但是要有承受力,我是冷的。"

果真,新文一成,他就来:"看了,顽疾依然。'婉约'和'悱恻'都是你写上去的,与女人无关。不是你说她看纳兰词,就'婉约'了,也不是你写她在月夜下徘徊几圈,就'悱恻'了,'文是人样子',情调一定是文中人行为举止的凝练,感觉一定留给读者去品味。小菁,不能这样为文,太虚了。苛刻,见谅。"

我那时,有点像《藤野先生》里鲁迅挨了先生批的情形,口里答应着,心下却想,文还是我写得不错,至于道理呢,我自然知道,就和他争辩:

"读者非得亲眼看到吗,他们不能直接进入我的情感世界吗?"

"读者是神仙吗?你说一句'我很激动',他们就能想象你激动的样子?你说一句'我非常悲伤',他们就能看见你泪流满面?因为是你的感受,光靠虚词和句子,读者感觉不到!我说 100 遍了,你不要去总结,就写具体的事情经过,就写细节、画面!!""好作者,都是把虚词化作具体的景色和情境,蹩脚的作者才将精彩的场景用虚词来概括!特别拙!""记住:你把画面交给读者,你就完成了!"

他稍稍停顿,又说:"小菁,有时间多看看书,不忙写东西,积累多了,感觉自然不一样,要不总觉得自己单薄。看看人家怎么写的,琢磨琢磨,你的文字,有时用的劲不对,比较硬,要注意柔韧。"

我有些疑惑,又惭愧,这么多年了,早不看书了,况且从哪儿看起呢,书那么多……

"不能不看,很多人拿时间来说事,翻几页书的空都没有,那该有多忙啊?!"

"我给你推荐几本,我想想,给你拉个书单子,你闷头看一阵。"

"老师布置作业了!"我偷笑。

他不笑,严肃地说:"是!"

"不能急功近利,如果你希望文字纯净,心就要安静!"

是的,静下来看,沉下来看!他让我明白,读书、写作是人们的一种生活方式,它存活于人们的日子里,天天读书,天天生活!

赤橙黄绿是生活,酸甜苦辣是生活,读书、写作是生活,听曲、看片是生活……

他说:"书和碟是我生活最大消费,我有几千张碟,听了20多年音乐,这些,便是一个世界!每每看着,便觉得生活的美好!"

他有些沉醉:"你知道喜欢是什么概念吗?就是没有不行!我反复地听,去大学给学生讲,到电台客座当主持,有外国乐团来演出,期刊会约我预先写稿子介绍演出的曲目。电影,也是这样,比较投入地看,从导演到摄影,体味妙境。"

我禁不住赞道:"大哥,您可真算得上一位高人!"

"高人?没有,只有勤奋之人。"他很快回答。

随即,又来一句:"不是高人,而是喜爱生活之人!"

偶尔,他会突然说:"小菁,朋友又请吃你们的猪肚包鸡了。"隔一会儿,又来:"好吃!真好吃!"感觉那鸡的香气,直透过来钻进鼻子了,每逢这时,他就"原形毕露",话突然多起来:"小菁,我要去你们那儿呢,不为风景,我要去吃小吃,排档那种……"我想起他说过,新进了本汪曾祺的散文集《五味》,笑

53

每一颗心灵都是星星

他:"大哥,发现你特别喜欢谈吃的文章呢,汪曾祺的文字,散淡,有味,是吗?"他呵呵笑,却又正色,说:"你去看看,几乎所有的大师都有自己谈吃的文章,我喜欢汪的文字,不仅仅是有味,那是千锤百炼的文字,大师之笔。"

民以食为天,我知道,这些,早在他的文字间,"小时候,姥姥从老家来,曾经给我们做过这道鲇鱼炖茄子。记得菜端上来,喷香扑鼻,引得我和妹妹没了规矩。大人还没就位,我俩就你一筷子我一筷子地享用起来",连声都有,"吃食好还得会吃喝,正月十五卖元宵,吆喝出来极豁亮:'筋道嘞滑透,桂花味的什锦馅的元宵啊,刚出锅的嘞。'",朴实,悠长,醇厚,回香,这些,原本就是生活的味道。

这人,俗得可爱,雅得可敬;有时可畏,却又可亲……

这么絮叨的时候,就看到他从书中抬头,皱眉:"小菁,你又忍不住跳出来了,千万别自己去说,记住:就写画面,写生活!"

每个人都有自己的生活态度,只有亲近生活的人才是可以谈态度的。

第三辑 那时雪下

那段茉莉香味的青春

侯雪涛

我们平等地相爱,因为我们互相了解,互相尊重。

——列夫·托尔斯泰

1

"蹬、蹬、蹬……"一串急促的脚步声倏然划过,这已经是苏晓冉第三次在上自习的时候莫名其妙地跑出教室了。

尽管上周开班会时,班主任强调过不准在自习课期间讲话、擅自离开座位等规定,但苏晓冉依然知法犯法。

虽然我是她的同桌,但对于她频繁擅离座位,我也道不出原因。由于在生理课上多多少少对"男女之别"有些了解,所以我也羞于启齿问她原因,以免触碰敏感话题,让彼此都尴尬。

2

苏晓冉是后半学期转学过来的插班生,学习成绩出奇好,当班主任说把她安排到我旁边的座位时,我不由暗自小兴奋了一下。当时想着,能和学霸成为同桌,也算一件无比光荣的事情吧。

的确,苏晓冉学习非常刻苦,这也难怪她能在入班来的第一次考试中取得了全班第一名的好成绩。班主任更是对她宠爱有加,经常在班会上表扬她，并让我们以她为学习的榜样。从那时起，苏晓冉就成了我崇拜的偶像，我每天都以她的学习状态来监督自己。

在我的印象里，苏晓冉一直是个性格内向的女生。关于学习之外的话题，我们很少聊起，她给我留下的最大的印象就是喜欢买茉莉香味的手帕纸和看故事类的杂志。

3

自从"五一"假期返校之后，我发现苏晓冉的行为变得异常古怪起来。除了经常看到她用手帕纸擦鼻涕外，她在学习上的态度也更是令我大跌眼镜。老师每次点她上讲台上演板，她都以各种理由拒绝，甚至为了不上去演板，她还故意说不会。在上自习的时候，总是肆无忌惮地中途就跑出教室。昔日遵规守矩的乖女孩俨然变成了散漫随性的坏学生。

苏晓冉从外面回来的时候，总能引起后排男生的一片唏嘘，除非是某些太过分的言辞，苏晓冉会恶狠狠地剜过去一眼，其他的一概置若罔闻，若无其事地埋头继续做她的作业，只是会时不时地抽出一张手帕纸，轻轻地擦鼻涕。经过那些调皮男生的八卦处理，"鼻涕妹"的外号也自此在班里流传开来。

每当苏晓冉打开手帕纸时，都会有一股茉莉花香的味道，扑鼻而来，沁人心脾。但是望着被鼻涕纸堆满的垃圾袋，我又顿感一丝丝恶心。

看着刚换上两天的垃圾袋，又被苏晓冉以闪电般的速度给填满后，我不由心生怒火，略带抱怨地质问她："苏晓冉，你为什么不去医院看看你这鼻子呀？这样下去，每天得造多少白色垃圾呀？"

"对不起。"苏晓冉一字一顿，以简短的回答结束了这次对话。面对她诚恳的道歉，我也只好强忍心中的怒火，任它渐渐平息下去。

为了不让自己成为那些调皮男生的调侃对象，所以我总是下意识地和苏晓冉保持着距离，也很少像以前那样过分热络地向她请教问题。我们的关系也随着冰冷的气氛而逐渐疏离。渐渐地，我开始想要甩开"鼻涕妹同桌"这个让我引以为耻的身份。

4

　　林灿是我在班上的好哥们儿,同时也是给苏晓冉起外号的参与者之一。他的座位是在我们后排的一个独立座位上,所以也就没有了同桌。

　　在和他的一次闲聊中,他向我抱怨,他自己一个人坐那里好无趣,连个同桌都没有,加上我对"鼻涕妹"苏晓冉愈来愈厌烦的心理,当时,我头脑中瞬间闪过这样一个想法:何不让林灿和苏晓冉换下座位呢?这样我和林灿也就都能摆脱痛苦了。

　　但究竟该如何向苏晓冉说这件事呢?直接说,像是有点驱逐她的意思。让同学传达给她,似乎又没人愿意充当这个角色。

　　最后,我决定以写纸条的形式来向苏晓冉传达,我想要她和林灿交换座位的这个想法。

　　为了使苏晓冉能第一时间发现纸条,我把纸条偷偷地放在了她手帕纸的包装里。这样的话,她只要一拿纸擦鼻涕,就一定能看到我放进去的纸条。我不由为我自己的这个奇思妙想而窃喜。

　　让我意想不到的是,就在我放纸条的第二天,苏晓冉竟然没有来上课,而且书桌上的东西也不见了踪影。一时间,我开始思索着她离开的各种可能的原因,难道是她看完纸条后生气了?还是被我给硬生生地逼走了?刹那间,我开始对我的做法感到一丝懊悔。

5

　　在晚上的班会上,班主任为我解开了这个谜团。他说,苏晓冉其实早就向他提出了退学申请,她要转回她省城的学校,顺便在那里看她的鼻炎。原来对于苏晓冉随意离开教室一事,班主任也是心知肚明。苏晓冉私下里向班主任说了她鼻子的问题:她患的是顽固性鼻炎,鼻涕会在鼻腔内累积,所以需要定期用力擤鼻涕才能使鼻腔稍微通畅一些。但在安静的自习课上用力地擤鼻涕势必产生很大的噪声,影响周围的同学。所以苏晓冉选择了在自习课上跑到教室外面去做这件事情。

同学们听完班主任的一席话,纷纷面露错愕。我更是为之震惊,回过头来一想,苏晓冉拒绝上讲台的原因也大抵如此。对于她这样的病症,有时候流鼻涕是不受控制的,所以如若在讲台上流着鼻涕演板,定会引起大家的哄笑,成为大家舆论的焦点。

我不仅误解了苏晓冉,还变本加厉地想以换座位的方式来避开她。想到这里,我顿感赧然,自责和内疚犹如一枚尖刀刺在我的胸口。

几天后,我收到了苏晓冉托人捎带给我的纸条,上面写道:"萧凯同学,首先请原谅我的不辞而别,另外,之前因为鼻子的原因,如果在学习和生活上给你造成了影响,还请包涵。我的鼻炎正在慢慢恢复。希望等我鼻炎好了,还能有机会和你坐同桌!对了,我桌子抽屉里还有几包手帕纸和几本杂志,你如果不介意的话,就当我送给你小礼物吧!"

读完之后,我眼眶早已湿润。如果我能早一些看出苏晓冉鼻炎的严重性,或许就不会对她产生那么深的误会,也不会想要林灿和她换座位了。但遗憾就如同我们身上的伤疤,我们能够创造它,但往往却不能治愈它。苏晓冉的事情不仅给我上了一堂重要的人生交际课,还让我深刻意识到了友谊的可贵。

虽然自那以后,我和苏晓冉再也没有了交集,也没有机会再和她成为同桌,但每次打开她留下的那包茉莉香味的手帕纸,我总能嗅到那段与她有关的青春。

> 我们曾经都那么自以为是地重伤一个人,后来才明白,那是年少轻狂不懂事。以后再看的时候,似乎就不那么重要了,重要的是成长,不是吗?

紫斑鱼

王晓宇

自尊不是轻人,自信不是自满,独立不是孤立。

——徐特立

每个人的生命中都会有一些难以忘记的事,我亦是。

记得上中学的那一年,我们班里转来一个男生,他个子很高,面色略有一些苍白,像一杆清竹,显得文静而脱俗。他总是独来独往,不大讲话,也不大合群,但他身上流淌出来的那种淡淡的忧伤气质,像一首诗一样,迷倒很多女生。

那时候,我们都用钢笔写字,大多数同学通常都只有一支钢笔,家境略好些同学,能有两支或三支钢笔,钢笔多的同学神情与底气就与我们有些不同,言语间自然而然地就有了某种优越感。当然,能有"英雄"金笔的同学就更是凤毛麟角,少之又少,在物质极其贫乏的年代,谁会舍得给学生买一支价格不菲的"英雄"金笔?

班里的一个女生就有这样一支金笔,可惜拿在手里没有多久就丢了,然后大家就发现班里新转来的那个男生手里多了这样一支金笔,一时间,众说纷纭,好多同学明里暗里把矛头指向了他,他家境寒微,生活窘迫,手里不合时宜地多了一支金笔,然后就顺理成章地成了矛盾的焦点,成了大家猜忌的对象,那个女生更是又哭又闹,说他偷了她的金笔……

他百口莫辩,嘴唇哆嗦,反反复复地说这支笔是父亲的一个朋友送的,任

每一颗心灵都是星星

他怎样解释,可是没有人相信他,再看他时,眉梢眼角就多了不屑和嘲弄。他带着一腔愤怒离开了学校,仇恨和忧伤是他被曲解的副产品,从此他再也没有去过学校。

有一天放学之后,他在路上堵住那个女生,问那个女生为什么诬陷自己?女生斩钉截铁地说,就是你偷的!不是你偷的还能有谁?他愤怒的火焰被引爆,掏出事先准备好的剪刀,把那个女生的长发剪成了不男不女的阴阳头,让她无法见人。

从此,那个诗一般忧伤的少年变成了另外一个人,抽烟、喝酒、打架、胳膊上张扬着恐怖的刺青,眼睛里写满了放浪不羁和无所畏惧,不去学校,也不参加工作,到处游荡,被父母呵斥管教也不以为意。

我想起一种海洋生物,那就是生活在热带海洋里的紫斑鱼,它的全身长满了有毒的硬刺,在自我防卫或者攻击其他海洋生物的时候,它的愤怒和仇恨与自我伤害就会成正比,它越是愤怒,越是充满仇恨,它的毒刺就会越加坚硬,它的毒性就会更大,伤害就会更深。它在伤害别的生物的同时也会引爆自身安全机制,愤怒的火焰让它的生命减少至一半以上,明明可以活个六七年的紫斑鱼,最终只能活个两三年。

那个愤怒的男生就如同海洋生物紫斑鱼,在遇到不公正的待遇之后,不是想办法解决问题,而是以暴制暴,让愤怒开花,让仇恨结果,伤害别人的同时也伤害自己,用余生换取一时的快感,用毁灭换取一时的冲动,这是得不偿失的事,这是愚昧和蠢钝。

年少时光是一生中最美丽的时光,好好珍惜,谨言慎行,以防伤到别人或自己。

> 暴力与愤怒,在面对理解和关爱的时候,将变得无力还击。我想我们在以后要学会怎么去公正对待一个人,并且注意说话的方式等,尽量顾及别人的自尊心,这是最重要的。

第三辑　那时雪下

夜幕笼罩下的青春

木易

毅力是永久的享受。

——布莱克

高一的时候，我们组织了一场秋游，为了更好地筹划和开展，班长派了时任学委的我和其他三个班委去踩点，时间选在了秋游的头天晚上。

如今回忆起来，仿佛有一种重走青春的感觉。

踩点前我们打听过有一个阳逻江滩，但不知道怎么走，于是一路问村民，一路靠感觉判断方向，而后来证明，这两点都不靠谱。

我们骑着车在乡间的马路上飞驰，看到路两端拉成长线的灯，忽暗忽明，将我们的影子有节奏地变得时而长时而短。那时的我感觉在迎面吹来的每一阵风里，都闻到一股欢快的味道。并不是很大声的我们，在如此安静但不知道是否祥和的夜里，轻笑也是如此空明，真有一种身处世外的感觉。

偶尔遇到红绿灯，会碰到几辆外地的宝马，车主显然为我们的打扮好奇，会欣然地摇下车窗望上几眼。我们也毫不示弱，摆出神气的表情，吹着口哨，然后惬意地扬长而去。我想车主当然明白，那几个毛孩子在为自己欢呼雀跃，为花样年华喝彩。

但还来不及我们唧瑟多久，很快便发现我们迷路了，四个学生，大晚上，在真正的荒郊野外迷路了，想起来还是有些害怕的，更别说是身临其境。

　　那时我们开始找出路,不管是回家的路还是去江滩的路。你会发现走投无路时,下一个路口永远都充满了欣喜与希望。

　　但好在我们头脑偶尔会清醒一会儿,不至于靠划拳来决定下一步怎么走。我们会在似曾相识的建筑下猜测学校的方位,然后朝着这个方向前进。

　　没过多久,月亮出来了,月光洒在我们每一个人的脸上、身上,甚至是鞋子留下的脚印上,这让我们在赶路的同时,渐渐能够踏实地看清彼此,能够默默为对方鼓劲。我们都清楚地知道不管前方有什么,是否到了该转机的时刻?但是只要走,就有希望。

　　而正当我们四处摸索时,我接到了一个电话,是一个军训时和我一起的病号打来的,他叫焦强,问我:

　　"你在哪儿?在干吗?"

　　我突然感到像抓到一串火一样的温暖,我回答:"我也不知道这是哪儿,我在找江滩,但是迷路了。"

　　"啊?你在江滩?"

　　"没,在找江滩,途中迷路了。"

　　"怎么那么巧?我们也在江滩,烧着火,正想叫你过来一起玩。"

　　对呀,怎么这么巧?本就欣喜若狂的我顿时又有了热泪盈眶的冲动,如此黑暗之夜,前路迷茫之时,突然知道正要到达的远方有一堆篝火在召唤我,而火堆旁坐着一群我亲爱的朋友们,这种感觉就像土地正在召唤生活在里面的人们一样,我顿时忘记了要接着说话。

　　"你看到火了没有?"

　　"没有!"

　　"那我叫你看你能不能听到。"

　　……

第三辑　那时雪下

"我好像听到了,但是在手机里。"

"那你先把手机挂了。"

我挂了电话,周遭一片寂静,并没有听到有人在喊我,只是偶尔传来几声狗吠。

电话很快又打来了:"喂,你听到没,我刚喊了好几声?"

"没有听到。"

我又看了一下四周,说:"你说你在哪个方位吧,那个大烟囱你看到没有?"

"看到了,有三个。"

"嗯,是三个,"我面对月亮,中间那个烟囱在我的右手边大约45度。"我面对月亮,中间那个烟囱在我的正右手边。"

由于我们都不知怎么用钟点的方式来确定位置,在稀里糊涂并且还不愿意承认自己方向感极差的神奇描述中,对了错,错了对。因而出现一副这样的场景,在一座大城市的荒野郊区里,有一群人,在茫茫黑夜中寻找彼此。

当时的我怎么都觉得屈原的这句话说得深刻:"路漫漫其修远兮,吾将上下而求索。"

我们很快发现前面是一条泥路,并且还有大卡车刚驶过留下的旋涡状的轮胎印,在月光的照耀下,这些辙痕格外清晰,我从身边人的尖叫声中看出,这样的清晰吓到了我们每一个人。

正当我们为眼前的场景惊讶时,远方的丛林里依稀传来了一声叫喊,尽管隐隐约约,但仍然极好辨认,没错,是他们,他们就在前方。而不知不觉中发现我们竟然离目的地如此遥远了。我们高兴万分,决定脱了鞋袜,推着车,向那个有声的远方前进。

如果这条路是简单的沼泽地也就算了,大不了弄脏了回家洗衣服,但远

每一颗心灵都是星星

没有想到的是淤泥下面全是沙石,并且棱角分明。踩得我们一个个惨叫不停,那声音在夜里比犬吠声还大,穿透了整片丛林。

突然前方有一道光闪过,走近两位老人,才发现我们吵醒了路边酣睡的村民。

老人很不解地问:"你们是不是隔壁学校的学生?"

看老人没有怪罪我们,反而很是和气的样子,我们说:"是的,但我们迷路了。"

"难怪……学校就在前面了,你们大晚上也怪大胆的,我看你们大叫还以为你们出事了。"

"大爷,我们现在知道路了,没事了,不好意思打扰您二老了。"

"没事就好,那你们赶紧回去。"

随后听到一阵门被反锁的声音,在两位老人的嘀咕声中,灯光也灭了。我感觉到,陡然而来的黑暗感格外强烈,让我顿时完全看不到周围的一切,但是我知道,那一刻的我们心里早已灯火通明,足够照亮脚下的路。

当我们与焦强会合,已经疲惫不堪,我多想说一句"好辛苦啊",但发现焦强却早已满头大汗,并且嗓音发颤。于是,疲惫中,我又多了几分温暖与激动。最后,会合的我们牵着手,高歌着,走上一条长长的尚未开通的石桥,看到桥下江水悠悠,悠着漫漫长夜,悠着青春峥嵘。

每当我回想起这段走夜路的经历,我都会想,人生的路何尝不是如此,面对梦想,我们每个人亦应该这样投入。

> 每个人都曾有一段黑暗且无助的日子,那时候没有人陪,只有自己咀嚼着一切。也正是因为这些日子,让我们才能如今天这般乐观坚强。

那时雪下

张觅

我希望有个如你一般的人,这世界有人的爱情如山间清爽的风,有人的爱情如古城温暖的阳光。但没关系,最后是你就好。

——张嘉佳

那时,她和他还那么年轻,才 16 岁。

高二,课程很紧。学生们晚上都上晚自习。有一天复习晚了,忽然听到有人惊呼:"下雪了!"疲惫的学子们像是听到了一个久违的童话,蜂拥而出,赞叹着,惊讶着。

纷纷扬扬的雪花,自遥远的苍穹,柳絮一般轻轻坠下。

她忍不住跑出去看,回头看他也搁下笔,走了出来。心中忽然微微一动,似有清凉的芬芳萦绕。

他们不过是普通同学,见了面,微微一笑,或者淡淡打个招呼,如此而已。其实,她悄悄喜欢了他很久,而他全然不知。而高中繁重的课业,也只能让她悄悄守护心中这一脉清凉的暗恋,守护这无人知晓、独自芬芳的秘密。

站在教学楼的走廊上,大家都被那一场突然降临的鹅毛大雪,迷得神魂颠倒。

他的眼神那么明亮,侧脸在苍穹下显得如此英俊。她一时怔忡,只觉心满意足,别无他求。就这么静静地和他看着雪。

他忽然低头,看了看表,说:"该回去了。"

她点头,收拾书包和同学们一起走。鹅毛大雪仍在纷纷扬扬地下着。

凉气逼着面颊,冷意侵人。她瑟缩了一下。

每一颗心灵都是星星

他走在她身边,忽然说:"你家远不远?我送你回去吧?"

她转头,微微一笑:"不用了,现在很晚了,你还是回家吧。我家很快就到了。"

他点点头,橙黄的路灯下大雪纷扬,他的眼神温暖地看向她。

清俊的少年,如同大海一样的眼神。

她忽然心慌,赶紧摇手说:"再见!"背着书包走了几步,回头说:"你也路上小心。"没有等他回话,就忙忙地走了。

她真怕这一瞬自己因为心悸而瘫倒。

这个夜晚,她回到家中,冷得直打战,妈妈赶紧给她安排洗了个澡。坐进温暖的被窝里,捧着一杯袅袅热气的牛奶,静静地望向窗外。

大雪仍在纷飞。

她静静地捧着那杯热牛奶,心里浮动的,都是刚刚他的那个眼神。

漫天的鹅毛大雪中,他唇角带着笑容,眼眸那样明亮,仿佛漫天星光落在了他的眼眸之中,炫目得叫人不敢直视。

世界如此美好,如此安宁。

后来,光阴荏苒,时光疏忽。也不知道怎么,一下子,岁月从指缝间就溜走了。她想着,16岁的时候,总觉得高考那么遥远,永远也不会来到,她可以一直在教室的后排,偷偷地看着他的背影。但时光一下子呼啸而来,高考,考研,然后,长大,工作……

她终究是弄丢了他。高考后考上不同的学校,而后就再无联系,也没有像小说或者电视剧里所说的那样发生多年后重逢那种美丽的邂逅。她不过也和普通女孩子一样,邂逅一段爱情,平平淡淡地结婚、生子,过着柴米油盐的生活,日子波澜不惊。

而她总是记得那天在鹅毛大雪中他明净而温暖的眼神。

那个场景,真像一个童话,一个永不再来,也永不褪色的青春的童话。

> 你是否还记得,那年那个跟你深情对视的男孩或者女孩,那时没有暧昧,没有相恋,却有种莫名的情愫交织在你们身边,让你寂静欢喜。

每一颗心灵都是星星

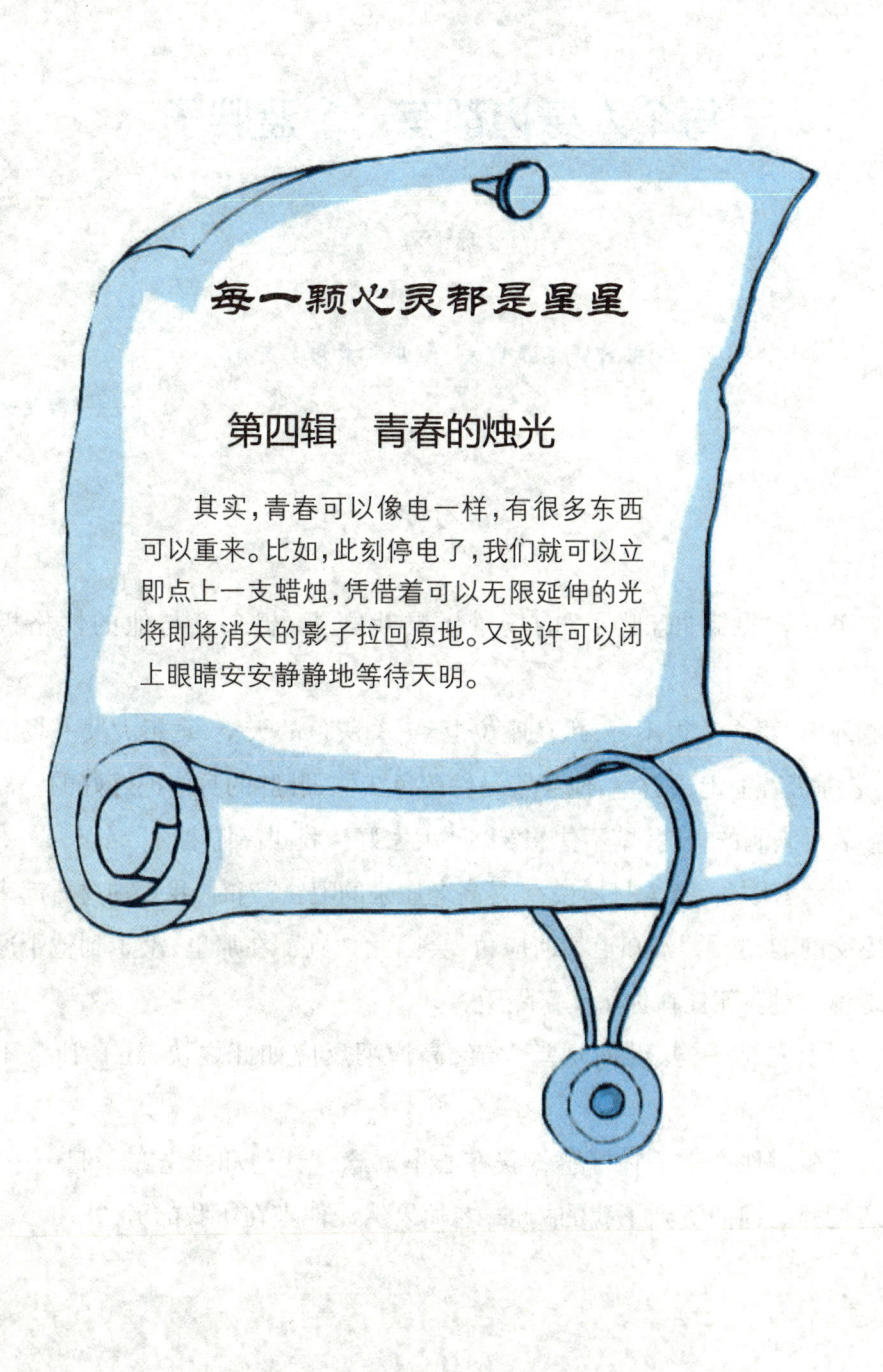

第四辑　青春的烛光

其实，青春可以像电一样，有很多东西可以重来。比如，此刻停电了，我们就可以立即点上一支蜡烛，凭借着可以无限延伸的光将即将消失的影子拉回原地。又或许可以闭上眼睛安安静静地等待天明。

每一颗心灵都是星星

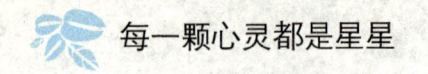

每个人身边都有一个蓝胖子

琼雨海

兄弟可能不是朋友,但朋友常常如兄弟。

——富兰克林

1

第一次见到"蓝胖子"的场景极具戏剧化,想来竟与他的性格极为不符。

那天,我心情很不好,趴在座位上,望着灰色的天空,真想大哭一场。这时,老师带着他走进教室,他穿着一件蓝色T恤,胖胖的身体把好好的一件运动衫装得满满的,让我禁不住想笑。"大家好!我叫高博羽。"

他话音刚落,有人打趣说:"是高老庄来的吧?"当时,我真怕这看起来老实巴交的"蓝胖子"不知道如何应付,会因此"尬"在那里,没想到他干净利落地说:"对。就住在你岳父家隔壁。"

大家先是一愣,继而哄堂大笑,高博羽反应如此之快,还真让我不能小觑。

莫名对他产生一种好感,我在心里默念:"让他和我坐在一起……"不知道是哪位神仙听到了我的祷告,老师果然让他坐在了我的旁边。

2

原本以为我的同桌人如其名,不是"学霸",也应该属于"知识渊博"一类,后来他终于用实际行动告诉我,还是他的体形与他更加相配。于是,我便心安理得地叫他"蓝胖子",他也欣然接受。

话说,那天月考结束,我和班里的同学在对答案,他正好从门外进来,兴冲冲地说:"你们说的选择题答案和我的一模一样,欧耶!没想到我的物理变得如此强。"

我"扑哧"一声喷了他一个满脸,"拜托,蓝大哥,我们对的是化学。"蓝胖子一听,晕倒在课桌上,卷成一堆肥肉。

果不其然,蓝胖子的物理分很惨,发试卷那天,他吓得不敢抬头,生怕物理老师一看到他,话题会转到他身上。

"我就不明白了,这次考试的选择题这么简单,还有人不会。同样的老师,同样的课堂,差距怎么就那么大?"老师一边说,一边愤愤然看着大家。此时,教室里异常安静,老师似乎觉得这么说,还是不能触到那些差生的学习神经,于是,继续说:"40 分的选择题,那么简单,简直是白送,可是有的人竟然得 10 分、20 分,拿到 10 分、20 分的统统把卷子重做!"蓝胖子长舒一口气,悄声对我说:"好险啊,我是 8 分。"

我还没来得及笑,只听物理老师说:"高博羽,再把课本上所有的公式抄写十遍。"就这样,一个下午我都看到蓝胖子在埋头苦干,这是和他同桌以来,第一次这么长时间没听见他说一句话,也是第一次看到他这么沮丧。

那天下午,我一直陪他到很晚,我想我应该帮帮他了。

3

我通知蓝胖子,我要对他进行集训的时候,他对我鬼哭狼嚎,大喊"饶命"。可是,从这小子的眼神中,我看得出他是非常乐意的。于是,我假装说:"那就算了,本宫还落个清静呢。"

蓝胖子赶紧扑过来,拉住我的胳膊说:"娘娘饶命啊,奴才知错了。"

就这样,每天下午放学后,我对蓝胖子的辅导开始了,以物理为主,其他功课针对当天学习的内容相应进行。

通过辅导,我发现,其实蓝胖子的底子还是不错的,初中的知识他学得很扎实。据他自己说,就是因为高中一个多学期没有听讲,整天昏头昏脑地混,结果就成现在这个样了。我问他,为什么突然不学习了。他竟一改往日的嬉皮笑脸,低头沉默着,吓得我赶紧转移话题,学下一项。

4

和蓝胖子在一起,让我觉得很舒服,他总是不乏幽默。有时候,我们学得很闷了,他偶然冒出个句子来,就让我笑上半天。

要不是那天下午的事,我想我和蓝胖子会一直这样"开心"下去。

那天,蓝胖子向我请假,连个理由都懒得解释,我想这么反常的他一定有问题,我决定一探究竟。我一路跟踪,他骑车拐进了一个胡同,停下车来,摸出打火机,勾着头,"啪"的一声点燃一根烟,火光便在昏暗中荧荧发光,映照着他模糊的脸,那脸上竟写满了忧伤,一点儿也不像平常的蓝胖子。

我出现在他面前,他竟然一点都不惊讶,抽了一口烟,娴熟地吐了一个圈儿,我一把夺过来,自己也抽了一口,呛得我眼泪都快出来了,气得我把烟仍在地上,使劲踩了几脚。

"你知道我为什么和你坐在一起吗?"他突然说,不待我回答,他又自言自语地说,"上学的第一天,在路上我看到一个女孩在和自己的爸爸争吵,听内容我想这应该是一个和我同样不幸的孩子,如果我和她同班的话,我一定要让她每天都开心地笑。课间我看到了你,于是和老师说认识你,和你同桌能让我更好地适应环境。"

看着现在的蓝胖子,我觉得我是那么具有预见性,给表面阳光的他起了一个那么忧伤的名字。许久,他说:"他们今天终于离了。"这个时候,我不敢看你,也不敢多说一句话,我知道此时的你一定是敏感又脆弱,就像看到了我自己。

那天我和蓝胖子，就这样有一搭无一搭地说到很晚，大多数时间都是沉默对着沉默，就像是一个可怜虫对着另一个可怜虫。

最后，蓝胖子说，忧伤只在这一晚，明天的太阳依然会升起。

5

可是，第二天我生病了，我不愿意待在家里，那个灰暗色调的地方，那儿只会让我的身体发霉。午休的时候，我毫不客气地让蓝胖子去给我买药。

许久，他气喘吁吁地给我买回了一包奥利奥，我含着泪说："我不是让你买白加黑感冒药吗？"他一脸讨好地说："对啊。这不就是白加黑吗？"这时候，我的眼泪啪嗒啪嗒就下来了，他慌了神，掏出了感冒药说："我这不是想先让你开心一下，顺便喂饱肚子嘛。没想到弄巧成拙，别哭别哭啊。"我终于破涕为笑，他那根紧着的神经才放松下来。

看着他那可爱的样子，我恍然明白，其实蓝胖子并不是那么愚笨，他很多时候装作傻乎乎的，只是想让他在乎的人开心而已。

我想，我应该很幸运，就是他在乎的人之一吧。

许多年后，我和蓝胖子上了不同的大学，可是每次打电话他都喜欢逗我一番。我的生活有了他，就像是平静的小池塘，在温雅的睡莲旁，有几条调皮的红色金鱼，平添了许多生气。我想，每个人的身边，都有"蓝胖子"的影子，他在乎你的欢乐和忧伤，用他的方式关心着你，于你而言这是一件莫大的幸福，且行且珍惜。

又是一个安静的午后，我收到一个包裹，是一个胖乎乎的"蓝精灵"，用蓝色的信笺写着："蓝胖子永伴你。"

每个人都有自己依赖的闺密。这份感情是到什么时候都不会散的。如果有一个人一直陪着你，逗你开心，了解你的一切优缺点，那你该庆幸欢喜。

世界在谁的掌心里

安宁

生命是单程路，不论你怎样转弯抹角，都不会走回头，你一旦明白和接受这一点，人生就简单得多了。

——穆尔

刚入大学的时候，在人群里常常觉得孤单。世界好像突然变得大了，自己再也不是那个万人瞩目的中心。引以为傲的成绩，也变得可以忽略不计。昔日被老师们鄙薄的那些能歌善舞人士，似乎一夜之间，就升了值，走在路上，都是一派富贵腾飞之势。世界就这样轻易地转移到了别人的掌心里，自己则唯有焦灼不安失魂落魄的份儿。

学生阿雅就在面临十年前的我，同样失去了重心的孤独感。她来自遥远边疆的小镇，普通话有些蹩脚，常常一开口，就引来外人的笑声。她费了很大力气，差一点就将石头含在嘴里"冬练三九，夏练三伏"了，才终于有了一点起色，混在一堆人里，听起来不至于那么突兀刺耳。她很奇怪以前自己是想拼命尖着嗓子冲出那"鸡群"，成为一只地位显赫的仙鹤，而今却是因为这缺陷，想要缩到一个安全的壳里，最好，是谁也看不到自己。

不过中学时那股子拼劲，还是让她想要在新的这片天地里，能披荆斩棘，重新立地为王。班里的同学很快地分成两拨，犹如分明的泾水渭水，永远都不会相交。有不满高考结果的，到了大学，也是身在曹营心在汉，为了那个当初的奋斗目标，继续埋头苦读，只求四年后，通过考研一举成名天下知。他们常

第四辑 青春的烛光

常以一副老成持重的表情告诫阿雅,如果不走出去,待在这样一所不上不下的省城大学里,早晚人生也会变得跟路边的广告牌一样黯淡无光。

而那些对更高的学历毫无兴趣的,则为了工作,热衷于讨好老师,或者为了学生会的一个官职上下打点,一副争得头破血流也在所不惜的模样。他们给予阿雅的教导,则是世俗现实的,甚至听起来有些残酷。他们建议阿雅要在老师面前,学会奉承,懂得阿谀;而在学生会里,不管是学院还是学校,都要有等级观念,聚餐的时候敬酒,学生会会长的地位,丝毫不次于任何一个老师或者领导;如果怠慢,轻则影响个人在学校的仕途,重则让你在四年后迈出校园的时候,因表现不佳而寻不到好的职业,而远远地落在同学的后面。

阿雅夹在这样两股奋进的人群中,左右为难,不知将来是要考研,让人生上一个档次,还是为了工作,一路世俗下去。这样的问题没有解决,又有新的接踵而至。

来自西部的阿雅,同宿舍里东部区的舍友们,常常因为思维习惯的不同,而产生冲突。一次一个舍友在宿舍里大声宣布,明天中午请大家去吃麦当劳,大家都嘻嘻哈哈附和说好啊好啊,然后便各自忙碌,似乎,那不过是一件很稀松平常的事。但阿雅却记到了心里,且为了这次吃饭,特意在第二天穿了最漂亮的裙子,还化了淡妆,然后一上午哪儿也没有去,耐心在宿舍里等候舍友的召唤。不想,左等右等,一直到了一点钟,也不见舍友的影子。就在阿雅想要不要电话催促一下舍友时,宿舍门打开来,舍友与其他人鱼贯而入,看他们手里提的打包饭菜,就知他们没有去什么麦当劳,而是在食堂里饱餐了一顿。阿雅生了气,但又不好发作,私下里打听才知,舍友不过是开开玩笑而已,知道这种随口说请吃饭习惯的同学,都哈哈一笑便忘掉了,只有阿雅认了真,等到饥肠辘辘,还没有任何音信,并因这样有伤颜面的"欺骗",而一个人大哭了一场。

阿雅在大一读完的那年,成功进入了学生会,成了宣传干事。尽管,只是在自己的学院里。很多时候,也没有多少同学将自己的这一官职当成一回

每一颗心灵都是星星

事。甚至还当面开她玩笑，说，干事干事，就是一干杂事的而已。她偶尔迷茫，在老师们开会只记得部长们的名字的时候；或者，是曾经的朋友，因为官职比自己高了一级，便以命令的语气让她去做事的时候。她的成绩也是中等，似乎没有实力也没有精力与那些一心想要走出去的同学比拼。两条路缠绕混杂在一起，阿雅突然间觉得自己没有了方向。

阿雅问我，为何自己有成了世界边缘的感觉呢？那个高中时被人宠爱光芒四射的女孩，跑到哪里去了呢？是不是人越向社会上走，就离中心的世界，越远了呢？

我不知道该如何回答阿雅的问题，刚刚毕业成为人师的我，也只能以自己仅有的经验，告诉她，其实我们一直都在社会的边缘，我们所做的一切努力，不过是为了离世界中心的那点温暖，近一些，再近一些。昔日来自家庭的呵护，并不是让自己成为焦点，而是用亲情编织成的一张遮风避雨的网。隔离开世界，是我们的不知世事，误以为那里是阳光最盛烈水草也最茂密的中心。

阿雅对于我的解释，依然是不甚理解。她大约不知道作为老师的我，正遭遇着同样的困惑。我在讲台上是他们学生的中心，可是在职场上，我却与她一样，是一个小心翼翼却又总是手足无措的新人。世界是圆的，可我不过是那只在最外面的圈上，费力向中心攀爬的小小的蚂蚁，或者蜗牛。或许我刚刚给他们眉飞色舞地讲完一部话剧，出了门，就被领导叫到办公室，以我搞第二职业没有好好工作为由，派给我一门新的课程。

世界是在我们的掌心呢，还是在我们的脚底，再或位于我们风尘仆仆奔赴的前方，我想除了一点点经历，让时间替我们答复，初入大学的阿雅，与初入职场的我一样，都没有办法，找寻到一个确切的答复。

有些人老问，是世界改变了我们，还是我们改变了世界？其实这些对于普通人来说都不重要，重要的是，你以为的世界、你心中的世界是什么样的。

第四辑　青春的烛光

青春的烛光

胡识

如果命运自有它的轨迹，人最大的幸运和所有勇气的来源不就是在开头的时候无法预知结局。

——辛夷坞

我们的烛光亮在初中

"停电了，啊，停电了！"又是臭小子阿山从教室的最后一排蹦起来，像落地的皮球，带头大喊。紧接着，校园里传来一阵又一阵"啊，喔"的叫声。我最喜欢突然停电的时分，终于可以搁下手中的圆珠笔和我的女同桌兰子侃侃大山了。别看兰子平日里斯斯文文，淑女得很。其实，那都是她装出来的。一旦我先动手拽一下她的马尾辫，她准瞪着眼睛，跟牛一样："阿识，你不想活了吧，姐你都敢惹！"她边说边往上撸起衣管。这时，我就会使出阿识必杀技之从抽屉里掏出一根蜡烛，为她点上。

我念的初中是镇上最为严苛的私立学校。校长会命令我们在抽屉里放上一小捆蜡烛，碰上停电了，班主任就会火急火燎地从办公室跑来，叫大伙赶紧点上。当然，我们总喜欢磨磨蹭蹭，非要等到班主任重重地拍完几下讲桌："书，还读不读？你们看一看隔壁的初一（二）班读书那股劲，就你们这个样！"然后，我们才悻悻地将捏紧在手头上的火柴一根一根划着，点亮蜡烛。

75

每到这时，我和兰子才像一对心有灵犀的情侣，我们一起趴在桌子上，认真地数着："一盏，两盏，三盏……"像天上的星星俏皮地眨着眼睛，像树梢上的萤火虫提着小灯笼翩跹起舞，像水里的夜光鱼漂时起时伏，好看极了。

"阿识，我们和好吧。"兰子轻柔细语地对我说，她的眼睛里流露出一道道银色的光，那是青春的火把，她燃烧是为了等待一句承诺。只可惜，我也是个不谙情事的少年，紧张地开不了口，哪怕说一个最简单的"好"字也罢。我只会偷偷地用袖子揩掉我们在白天时用粉笔画上的三八线，假装她不会看见。但是我却忽略了这点，这世上的每一位女孩子都是天生的猎人，她们拥有一双明亮的眼睛，在黑夜里对她好的男生逃不过她的光。

兰子说，真心对一个人好，明明知道他或许没那么好，却又忍不住把自己摆低。你为了那个人做了很多以前不会做的事，听他喜欢的歌，看她喜欢的书，到头来，那个人可能已经不喜欢 Eason，不爱看九把刀了，你却不可救药地喜欢上了 Eason。

我说，真心对一个人好，就像恨一个人一样，是没有边缘的吧。

兰子和我对一个人好的定义就像那 70 支蜡烛，燃着燃着，教室的灯突然亮了，我们深深地哀叹一声后，又接着过剩下来的读书时光。也就像校园里的灯在同一秒熄灭，我们便在下一刻纷纷点亮蜡烛，享受着这份浪漫。青春总是以循环往复的方式在醒时悄悄逝去，在梦中款款到来。我和兰子因为周杰伦和华仔在白天吵得不可开交，也因为她管我要明信片，我管她要千纸鹤，在放学时贴在一起。

谁偷走了她的烛光

说来也真是奇怪，我和兰子考上同一所高中后又在同一个班念书，兰子坐第二排，我坐第四排，我们中间隔着一个庞然大物。

他的眼睛撑得能有乒乓球般大，一个高高翘起的鼻头，没有鼻根，白里透红。他走起路来总是一摇三晃,而且走路时双手微微地散开,像鸭掌,我和兰子便给这个庞然大物冠名为"鸭掌胖"。起初,我以为鸭掌胖老实巴交的,可以做我和兰子的信使。可谁知道他第三次帮我传纸条时,竟当着全班同学的面把我写给兰子的纸条撕掉了,还嘟嘟着说:"胡识!你是追不到兰子的,人家那么漂亮,你这么丑,能配得上吗?"不一会儿,全班同学的眼睛齐刷刷地聚向我,还"哇"的一声,就好像看猴子表演似的。那会儿,我的眼珠子差点都吓飞了,毛发翘得老高,脸滚烫滚烫的,我真想找一个树洞一钻了之。只是我这只瘦猴子的树洞不一会儿就被兰子的眼泪给淹没了。兰子用手不断地摩擦着那双红彤彤的眼睛:"鸭掌胖,胡识,你俩给我去死!"

我真不晓得鸭掌胖凭什么说我写纸条是为了追兰子,害得我出丑,兰子没再理我,我实在忍无可忍。为了报复鸭掌胖,有一次上体育课,我趁教室没人,便将兰子书包里的蜡烛偷偷塞进了鸭掌胖的桌子里。有很多时候,老天爷好像会故意准时给那些想报仇雪恨的人一两次机会。就在我嫁祸给鸭掌胖的当天晚上,学校竟出奇地停了电。

当大伙儿在面临黑暗而陷入混乱时,也只有我和兰子会显得泰然自若,因为我俩在读初中时就已经养成了一个随身携带蜡烛的习惯。我像中了头等奖的彩民,从书包里掏出蜡烛扬扬得意地说:"同学们,不要慌,我给大家变个魔术,保证一会儿教室就亮起来。"我以迅雷不及掩耳之势点亮蜡烛,不一会儿,一闪一闪的光便出现在六十多双眼珠子里,大伙儿不断地称奇。我那故意自导自演的自鸣得意感终将点燃了兰子的愤懑之情,我知道兰子平时特别讨厌那些喜欢张扬的人,更不用说我,自纸条事件发生后,她已经恨我恨得快找不着北。她不紧不慢地站起来:"同学们,他刚才玩的只是小把戏,接下来,请看我的。"说完,兰子就将手伸进书包里。我知道她一定是想拿出她的那支具有金字塔形状的粉红色蜡烛,可她并不知道自己的尊严其实已经跌进了低谷。教室的空气跟死一般寂静,大伙儿都屏住呼吸等待见证奇迹。兰子将书包翻来搜去,急得满头大汗。

终于,兰子爆发了:"谁偷了我的蜡烛?谁偷了我的蜡烛?"兰子尖锐的声音在教室里盘旋着。

"嘿嘿,鸭掌胖,这下你死定了。"我在心里乐得炸开了锅。我故意用笔套敲了敲鸭掌胖,装作怀疑的样子:"兰子的蜡烛,不会在你的桌子里吧?"

鸭掌胖的头脑实在太简单了,他一边扯出自己的书包一边在嘴里鼓捣着一句:"怎么可能?怎么……"可还没等鸭掌胖信誓旦旦地说完,"啪"的一声,具有金字塔形状的粉红色蜡烛从他的桌子里掉了下来。

"金钱海,果真是你拿了李香兰的蜡烛啊!"鸭掌胖的同桌指着那支蜡烛,嘴巴张得超大。

"我没有拿她的蜡烛!我干吗拿她的蜡烛?"鸭掌胖急得差点哭出声来。

"我记得上次你看到兰子的这支蜡烛,你问我她在哪里买的,你说你也想要这样一支蜡烛送给你奶奶。"

"可是,可是……"

"别再可是了,跟我去一趟老师的办公室吧!"班长对鸭掌胖说道。

说一声,烛光再见

就这样,鸭掌胖因为"做贼"被学校记过了。我并不晓得学校的制度会有那么严苛,我本只想让鸭掌胖在班里出一次丑,让我享受一下报复的快感。可我不曾明白,有一些小小的错误,如果我们都不愿给予宽恕,大大的错误终将会惹恼动荡不安的青春。

其实,鸭掌胖一点也不坏,他比谁都善良,坚强得多。

纸条事件发生以后,我们班和二班举行篮球联赛。不知道什么原因,我投篮时总发挥失常。就在其他同学纷纷要求我下场时,作为队长的鸭掌胖却一股脑儿地站在我身边,他说:"他上半场的球打得不好,并不代表他的整场球会打得不好,我相信他的实力,我看好他的球技!"我以为鸭掌胖会恨我恨得

第四辑 青春的烛光

找不着北,但是我却错了,他说那句话时微笑并阳光着。在下半场比赛时,只要鸭掌胖一拿到球,他就会扔给我,然后朝我大喊,胡识,Go Go!哐当一声,我又进球了。

那是我有史以来打得最好、最痛快的一场球赛。不仅因为那次我们赢了,还因为那场球赛,鸭掌胖原谅了我,我们成了铁哥们儿。

我们各自奔向不同的城市念大学的前一晚,刚好是鸭掌胖的生日。我和兰子买了蛋糕,把鸭掌胖叫到海边,就在我和兰子为他点亮生日蜡烛的那刻,我看到鸭掌胖感动得哭了,他说,第一次有人给他过生日,而那个人就是朋友,也是昔日的"仇人"。对,我曾做了鸭掌胖的"仇人",我栽赃陷害了他,但他很大度,没有把我当仇人看待。当然,鸭掌胖也做过我的"仇人",我要鸭掌胖传递的第三张纸条,其实是我鼓足了勇气写给兰子的情书。而鸭掌胖却因为自己也喜欢上了兰子,将它当众撕毁,还诋毁我的形象,那时我当然恨了。但那场球赛以后,我再也没拿他当过仇人。

其实,青春可以像电一样,有很多东西可以重来。比如,此刻停电了,我们就可以立即点上一支蜡烛,凭借着可以无限延伸的光将即将消失的影子拉回原地。又或许可以闭上眼睛安安静静地等待天明。

有些东西是可以重来的,有些东西是可以延续的,比如中断的友谊,可是有一样却怎么也不会回来了,那就是青春。

怀念青春，怀念同桌的你

后天男孩

那时候天总是很蓝，日子总过得太慢，你总说毕业遥遥无期，转眼就各奔东西。

——老狼 《同桌的你》

我和很多人同过桌。虽然我不能一一说出他们的名字，但每当我过得不顺心时，就会想起他们曾对我说过的话。

"大头！书读不下去就回家。"

"大头！哪天你发达了，可别忘了我。"

"大头！你这个呆瓜。"

……

1

阿条是处女座，我是水瓶座。他有过一个女朋友，他说她女朋友简直是仙女下凡，说这话时他特别神气。于是，我就问他："她有周冬雨漂亮吗？"阿条诡笑了一阵后，把嘴巴凑到我耳旁："比周冬雨还漂亮！"我一时没忍得住，就一拳打在阿条的大腿上："谁呢！"我的话音一落，讲台上的班主任便大吼："胡大头，你给我滚出去。"我慢吞吞地朝教室门口走，班主任盯着我，然后喋喋不休地批评我，批评整个班，再批评隔壁的兄弟班，一直批评到中国的教育制度。

下课后,阿条把我拉回位子,帮我捏腿。还特感激地对我说,班主任整堂课都在当愤青,他就趴在桌子上美滋滋地睡了一觉。

2

刚开始我和阿条不是同桌。高二下学期期中考试,我们班没考过兄弟班,班主任便让偏科的同学在小纸条上写上想和哪个能帮助自己的同学坐一起。我的数学没及过格,阿条是数学课代表,我就在纸条上写了阿条的名字。阿条的英文在班里倒数第二,我是英语课代表,阿条相中了我。就那样,我们成了同桌。

我问阿条怎样才能学好数学。他自吹自擂了一番后说,学好数学是女朋友传授给他的独门绝技,说出来得收费。于是,整个夏天我都在请阿条吃冰淇淋。

阿条问我怎样学好英语。我爱理不理,结果,阿条每天都替我捶背。阿条的爹地是城里的保健按摩师,周末时,阿条就会跟着爹地学。

每次阿条扬扬得意地说起"学好数理化,走遍天下都不怕"这句话时,我都有种想打他的冲动,他太不把我这个文艺小青年当回事了。好歹郭敬明比很多数理化高手混得好。

3

阿条细皮嫩肉,绛白的脸上挂着一张樱桃红的小嘴,头顶锅盖,说话有些温柔,特招女孩子喜欢。

我们同桌时他并没有教我学数学,我也没有教他学英语,我们总有说不完的话。

"前排的阿红笑起来真好看。"

"语文课代表才好看呢。"

"你看,她有酒窝!"

"酒窝算什么!"

……

不过,阿条对我讲得最多的是他和女朋友的故事。他说着说着,眼睛就变得湿漉漉,这时我就会嘲笑他:"条子,瞎编的吧?"他俏皮地抠抠鼻子,擦擦嘴巴,气急败坏地对我说:"大头,怪不得没人喜欢你,你真是个没有感情的小家伙!"我们说着骂着,就像青春在哗啦啦地下着大雨,呼啦啦地刮着大风。

4

后来,不知道是谁向班主任打小报告,说我和阿条坐一起总说话,影响大家学习。没过多久,班主任便把我安排在了教室的第一排靠墙的位子,周围全是女生。

新同桌阿红是我讨厌的类型。她留着齐刘海,超大黑色镜框遮住了她原本非常秀美的吊梢眉。

我从不跟阿红说话,她除了吃饭、睡觉,差不多整天都在看书、做题。教室的后墙上贴着每个同学的理想大学,阿红的理想是考北大。

课间时,我经常与阿条厮混在一起。每当我们玩得找不到北时,阿条就会提起阿红,他问我阿红有没有男朋友。我实在气不过,就指着阿条的大鼻子说:"怎么会有人喜欢那块木头!"这时,阿条就会瞪大眼睛看我,说:"大头,你去死好吗?敢侮辱我的女神。"我没再顶嘴,心里却莫名其妙的。

5

之前我以为自己这辈子都不会搭理阿红,直到有次她发高烧,我才明白青春没有永远的倔强,它会被一些人、一些事慢慢驯服。

有一次,班主任破天荒地组织全班同学在班里看电影。正当我乐呵呵地感受着男主角和女主角在樱桃树下漫步的场景时,突然,阿红拍了拍我的胳膊肘子:"大头,我肚子疼,你可以送我去医务室吗?"我看了看她,豆大的汗珠不断地从她惨白的脸上往下落。我赶忙叫来班主任,班主任也急坏了,让我赶紧背她去医务室。我便以一个人背不动为由,顺便叫上了阿条。

当我背着阿红跑到楼梯口,想停下来喘口气时,阿条却一把从我背上夺过阿红,慌里慌张地说:"大头,我比你力气大,你先一个人跑去医务室和医生打好招呼。"

到了医务室,大夫说阿红患了急性胰腺炎,得输几天液。我们便轮流照顾阿红。那时候,我才知道阿条所说的前女友原来是阿红。他们中考后因为闹了一些别扭分了手,之后两个人在同一个班念高中,却老死不相往来。但是,这世上绝大多数人很难做到将青春时所遇到的那个人忘掉,这当中就包括阿条和阿红。怪不得阿条每天嘱咐我少和阿红搭讪,问我阿红有没有男朋友,说阿红比语文课代表漂亮得多。怪不得阿红的抽屉里一直放着一本叫《梦里花落知多少》的书,原来这本书是阿条送给她的15岁生日礼物。

阿条和阿红都迷恋书里的这句话:"自己越在乎的人,自己就越不能承受他对自己不好。"

6

阿红喜欢张信哲,喜欢席慕蓉的《无怨的青春》,喜欢收集老唱片。她家里有一台老式的唱片机,她说她不开心时总能从里头听出些沧桑感。然后,她就会哗啦啦地落泪。哭完,她才会感到心里好受一些。

我说,那你真矫情。

她说,是你不解风情。

我说,你才不解风情呢,人家阿条还是那么喜欢你,你就一点看不出来?

她说,我看得出来,可是我有更重要的事情要做。

我说,你这人真没劲。

她不回答,一个劲地望着窗外。窗外只有一棵老掉牙的樟树,有几只麻雀在上面叽叽喳喳跳舞。

我接着问:"喜欢一个人会激发人的灵感,可能会让你的成绩更好。你为什么不尝试着再向前一步?"

突然,她竟然回我一句"不愿意浪费青春"。我盯着那棵老掉牙的樟树,我猜它在青春时也一定热恋过某棵树,要不然它凭什么活到现在。它一定还没完成青春时的心愿,它在等。

"你懂什么叫青春?青春就是把头一味地埋在试卷里?青春就是一副明明很喜欢却不敢承认的委屈模样?青春就是为了考北大?青春就是经不起一点挫折,容不下一点谎言?别闹了!青春是 follow your heart,青春是 ize the day!"我终于对阿红发泄一通。可是,阿红还是沉默得厉害。

7

不知道什么原因,再后来,阿条成了阿红的同桌,班主任又把我调回后面,我和胖墩坐在一起。也许那都是冥冥中被安排好的。

胖墩喜欢打篮球,他常常和我谈科比,可我不爱听。我喜欢写抒情散文,

第四辑 青春的烛光

每完成一篇,我就会念给胖墩听。胖墩听着听着总会倒在桌子上,然后呼噜噜地睡了起来。我便会揪着胖墩的耳朵:"你能不能理解我此刻的心情?"胖墩便会举着拳头:"你再烦我,莫怪我打烂你的大头。"说完,他又接着睡觉,做梦、磨牙、打呼噜。

终于有一天,班主任把胖墩调走了。我坐在最后一排的角落里,每天孤零零地看着阿条和阿红的背影。他们不怎么说话,各自手头上的圆珠笔不停地转动。谁的橡皮擦掉在谁的椅子旁边,谁就会帮谁捡起来,然后微笑着递给对方。

后来,北大也成了阿条的梦想。

有时,我不得不承认阿条比我的运气好。如果不是那次晚自习我和阿红斗嘴,被班主任看见,阿条的英语成绩怎么可能赶超我。如果语文课代表成了我的同桌,我也准是个学霸。

但是,青春没有如果,一切都走得那么突然,像风一样,一转眼便流浪到另一个城市,换了另一种生活。

青春就像一场秋风那样迅疾,那时候还在打闹的你们,如今已经四散天涯,那个整天斗嘴的同桌,也已经嫁为人妻。终于,青春把我们抛弃了。

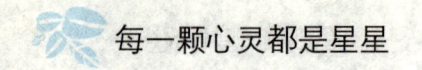

让他人心灵之石光滑

梅若雪

> 德行是人人都赞美的,因为好人和恶人都可以从中得到对自己有利的东西。
> ——狄德罗

他一心要成为一名高僧,16岁那年,他来到临水寺。

他想,临水寺大师众多,向每位大师学一点,自己的目标也就不难实现。在方丈慧能大师为他取了悟净的法名后,他便开始了自己的梦想之旅。

当天,悟净就一一拜访各位前辈及师兄。他知道要长见识,必须虚心、多看多思。在拜访完毕后,善于观察的他还真的发现了一个问题:方丈配给自己的石凳凹凸不平。

他对慧能大师说:"方丈,能不能给我一个如师兄们一样光溜溜的石凳呢?"大师看了他一眼,很肯定地说:"不能,别人的石凳开始时和你的也一样。"他略加思索,说:"方丈,我明白了,俗话说,只要功夫深,铁杵磨成针,给这样一个石凳,是提醒修行的人,如要修成正果,必须下苦功夫。"

从此,天还没亮,师兄们还在睡梦中,悟净洗漱完毕,便捧起一本经书读起来。每读一会儿,他会用手摩挲一下石凳,看比先前光滑一些没有。见效果并不明显,他还特意在裤子的臀部位缀上一块粗棉布,坐在石凳上不那么疼了,于是他开始加大摩擦力量,重重坐,重重起。这样一年过去,石凳果然光滑了,可他并没成为大师,因为没有谁承认他。

悟净有些不明白,对方丈说:"我的石凳光滑程度并不比大师们的差!"方丈看了佛案上摇曳着的灯火,问:"灯火为什么会动呢?"悟净看了一眼打开着的窗户,说:"是风吹火苗动。"方丈说:"不是风动,也不是灯火动,而是心动。"

悟净终于明白,一年来自己只有一个念头:让石凳变得光滑,并没真正用心念佛修行,当然也就成不了大师。

他从库房中又搬来一个凹凸不平的石凳,悟净要重新开始。他只穿了一条单裤,坐在石凳上,开始时觉得挺疼痛的,由于一门心思读经修行,疼痛也就低下了头。这让他领悟到,读经修行力量是强大的,而疼痛就像弹簧,你弱它就强,你强它就弱。

一年后,悟净盘点了一下,上一年只读完一本经书,还是囫囵吞枣,这一年竟然研读完了三本。

之后,他依然整天坐在石凳上,青灯黄卷,苦读苦思。春去秋来,又过了一年,悟净的头脑丰富了,石凳也非常光滑了。他想,这次应该称得上大师了吧!可依然没有人承认他,连香客们也不认可。

这次,他将几本反复阅读书角已经打卷的经书带在身边,来到方丈面前,说:"我想向大师请教,这几本经书上的内容我已熟记于心,可不明白,我究竟离大师还有多远呢?"

这次方丈没说话,只是拿眼睛看着寺内寺外来来往往的人。悟净回到住处,思考着方丈为什么不说话。经过一晚上的参悟,他终于明白了。

悟净又从库房拿了一个凹凸不平的石凳来,他要重新开始。坐在石凳上读经之余,他也会在丛林法会上做持香盒执掌烧香及行礼的"烧香侍者";还为住持起草往来文书,做一位"书状侍者";接待照应住持的私人来客,做一位"请客侍者"……

除了这些,他还一改过去闭门念经参悟的做法,将禅房大门打开,在读经参悟时,一旦有香客进来,他就发扬慈悲,传递佛法,积极认真地为香客解惑答疑。正所谓教学相长,在为香客传递智慧解决烦恼时,也让悟净真正长了见

每一颗心灵都是星星

识,受到启发,且得到了从来没有过的舒心和快乐。

不知不觉,一年又过去了,他已记不清接待了多少香客,反正他去四方化缘时,几乎没有施主不认识他的,都说悟净师父是一位了不起的大师,要不了几年,也许就成为世人尽知的一名高僧了。当然他的那个石凳也变得比较光滑了。

修行就如一个石凳,不能只顾表面光滑,而是要从心灵打磨它。还要去关注别人的内心,让他人的心灵也变得光滑起来。

想想我们的人生,不也是在修行吗?只有在帮助他人中,自己的境界才能真正得到升华,在成为他人一块"垫脚石"时,也让自己具有了一块美德的基石。

> 修行的本质是使心灵充实,让人格变得高尚。而这一切,都是从美德开始的,帮助别人,看似是施舍,却也获得了心灵的升华。

第四辑 青春的烛光

有爱不简陋

清翔

> 心灵不在它生活的地方，但在它所爱的地方。
>
> ——英国谚语

爱是最神奇的魔术师，即使再狭窄简陋，因为有了爱，在人们心中它也会是一个"大世界"。

2006年，名校毕业，能说一口流利英语的毛菊独自来到北京，很快就找到了一份收入很不错的工作。若不是去欧洲，她也许会将那份得心应手的工作一直做下去。

2010年，去欧洲的一位在剧团工作的朋友想推介中国的音乐和戏曲，让毛菊去做有关翻译及报幕的工作。剧团效益不错，毛菊的收入也相当可观，然而，她却要回国了。

原来，她有一位亲戚在北京打工，没有时间照管孩子，孩子和同样没有人照管的一些孩子在一起，沾染了一些不良习气，不好好学习，还打架、偷东西。于是她决定回国做一些对孩子们有益的事。

经过一番思考，她决定让那些打工人家的孩子放了学后有一个去处，而她认为开一个图书室是最为理想的，既能将孩子们聚得住，也能对孩子们思想境界的提高和学习有所帮助。

接下来是选址，一番考察后，回到北京的她果断选择了草场地村，因为那儿居住着上千户外来务工家庭。于是,她租了一间 7 平方米的房子,买书、买书架……

开始她以为用不了多少钱,没承想不到半年,她在北京和欧洲工作所有的积蓄就全都投进去了。她的这个图书室免费开放后,便成了孩子们心中最神圣之地。以前孩子们口中多谈论的是谁的力气大,打架行;谁买了地摊上的奖票,得了什么奖……如今说的却是谁看了什么书,书中的哪个善良智慧的人物最吸引人。因此孩子们一旦放了学就呼呼地往毛菊阿姨的图书室跑。

毛菊让孩子们免费看书,他们也义务为毛菊阿姨做一些力所能及的事情。比如说,对四面靠墙壁书架上的书进行整理,有些孩子还轮流做图书借阅与归还的登记工作。其中有几个孩子做得特别认真仔细,她就奖励性地把几把备用钥匙交到这几个孩子手中。因此许多孩子和毛菊成了推心置腹的好朋友。

有个叫姬捷的小姑娘曾对毛菊说:"真希望人贩子把我抓走,活着好无聊。"姬捷的父母从农村老家到草场地村开了一家小饭店,每天起早贪黑地工作,没有时间陪她,从六岁开始,姬捷每天的生活除了上学就是到饭店帮忙。

姬捷从有生活问题演变成有思想问题的孩子。毛菊不敢掉以轻心,她要好好帮助小姬捷,除了开导外,她还给姬捷推荐了两本书:《我不愿你死于一事无成》和《千纸鹤》,两本书讲的都是坚强女性故事。姬捷一看就喜欢上了,读了又读,心情逐渐变得开朗起来,越来越乐观积极。后来,姬捷还帮助思想上有疙瘩的小朋友们,给他们讲故事,许多人说她比一些大人讲的都要好。孩子们非常感激:在这里,我们有两个最要好的朋友,一个是良师益友毛菊阿姨,一个是姬捷。

即将做妈妈的毛菊,打算生完孩子后重新开始接翻译的活儿,因为要当好"孩子王",三年多来她没有再去工作,有时就接些翻译的活儿挣些钱来维持生活和图书室的运转。

有人和毛菊开玩笑说:"你这间图书室简陋得像一间厕所。"她说:"虽说简陋,对于这些打工人家的孩子们来说,它却是一个温暖的家,一个无比宽广的'大世界'。"

"山不在高,有仙则名。水不在深,有龙则灵。斯是陋室,唯吾德馨。"有爱不简陋。狄更斯说:"希望是栖息于灵魂里的一种会飞翔的东西,她给孩子们带来希望,也给了自己希望和寄托。"而伟大的中国梦正待无数个满怀着希望的人去追逐、去完成。

这世界唯有爱,是可以让我们栖息的地方。有爱的地方,才是家。

每一颗心灵都是星星

把足球踢到太空去

大可

任何卓越的胜利总多少是大胆的成果。

——雨果

"嗨！能不能加入你们啊？"就是这样一句话，让他一步步向着更为宽广的天地跨越。

儿时的他，除了功课，就爱运动，什么乒乓球、皮球、踢毽子等，在小伙伴中，他都能把很多人比下去。念小学四年级时，一次偶然的机会，他踢了一次足球，这才知道原来还有这样一项运动让自己为之痴迷。

然而，他所居住的地方少有足球场，当看见别人踢足球时，他特别渴望参与，可球队已不缺员，没有人理会他，每次都只能悻悻而归。

一次，他又见到一群少年人在绿茵场上奔跑、腾挪、跳跃，疯狂挥洒着青春朝气……他在一旁看着，热血沸腾，终于鼓起勇气："嗨！能不能加入你们啊？"没想到迎来的竟是笑脸和点头。这让他非常激动，原来实现愿望就只需要一点点勇气。从此，那原本不多的绿茵场上，总能见到他那矫健灵动的身影。绿茵场也在他心中一天天扩展着，成为他奔向远方的梦。

由此，他踢球的能力日益增强，也越来越自信，说，我就是"东单C罗"。大一时，他不用太费劲就帮球队拿下了全校足球冠军。

他是电子科技大学的高才生，1999年大学毕业后，进入西门子公司工

第四辑 青春的烛光

作。公司非常器重他，没多久，就被派到特拉维夫参加培训。

在特拉维夫，一天他似乎听到一种召唤声："去耶路撒冷看一看，那儿也许正进行着一场高水平的足球赛。"同事却阻止他："很危险！"因为当时以色列枪击爆炸案频发，但他一点也不在意，如期起程。

就是这次培训让他明白，他的足迹是不能只囿于中国的。在西门子不到两年，已是公司高管的他向老板递交了辞呈。同事们都以为他要跳槽，老板也觉得自己被愚弄了。没想到他只是带着一双足球鞋，一个2010年世界杯用球，一只打气筒就上路了。他要看到世界上顶级水平的足球赛，要让自己的足球水平离世界顶级水平差距不会太大。

他的这次远行，让他收获多多。如一些国家能踢球的场地实在太多，坐两三站地铁就有一片草地和一群踢球的人。但他不是逢球就踢，只是高水平对决时，他就要求参加，如在巴西里约，他偶遇美洲俱乐部职业队正在进行练习赛，走到场边便用他一贯的口气说："嗨！能不能加入你们啊？"结果，他作为替补上场踢了25分钟，打入两球，让他顿时"有一种业余球员突然冲进世界杯的感觉"。

一路走一路踢球，让他感受最深的是那些队员们的认真劲儿。他曾在纽约踢了两场球，所有队员一旦带球被抢断，马上就会进行反抢；不小心摔倒在地，没有任何犹豫就会起身追球；被对手突破，没有沮丧，马上积极补位……

就这样，在392天里，他从欧洲出发，再走印度和东南亚，接着是非洲，然后是北美、南美和南极洲，最后去澳洲，和25个国家的足球队切磋和学习技艺。他说，语言不通不是问题，如西班牙语他只会数数，在手机上装一个谷歌翻译，就靠这个与人交流。

梦想有多远，脚步就会有多远。也许人们不怀疑他能到达世界的尽头。然而，这次他竟让人惊讶得合不拢嘴来，因为地球已经容纳不下他了。

在南美的时候，他看到了一个"凌仕太空行"的计划，嗨，上太空，太美妙了！他还是说出了惯常的那句话："嗨！能不能加入你们啊？"他被登记了，在接下来的网络投票中,他成为中国区海选出的三选手之一。

进入美国 NASA 太空训练营后,人们还是不住泼冷水:"看看另外两个人吧!是明星韩庚和果壳网创始人姬十三啊,你就是去打酱油的。"然而,选拔结果出炉,成绩最好的他却是第一个获得了"太空船票"。不错,他就是 1988 年出生于成都的赵行德。

太空选拔测试,考验的是体能、热情、勇气、真实和团队合作。大学毕业后,他的朋友忙着工作、恋爱、结婚、买房,赵行德却满世界跑,每年要踢 40 场足球,体能自然最好。至于热情和勇气原本就是他的特长。这些当然重要,不过真正让他拿下决定性分数的,是在团队合作中。

考官给了一大箱材料,要求队员们组装一个火箭并且发射。为了体现"创意",同队的法国人和香港人决定用曼妥思加可乐来实现火箭喷射。赵行德心想:这也太 Low 了吧?这次他并不是"嗨!能不能加入你们啊?"而是从箱子中找出一个真正的组装火箭"配方",连推进剂都有。

当赵行德提出"嗨!你们能不能加入我的啊?"却遭到了队友们的拒绝。正如他所预料的一样,可乐火箭只发射了半米高,惨遭失败。考官却因此记住了赵行德:"这位先生明确告诉了大家一个更简单明确的方法,可惜你们都没听他的。"

2015 年,赵行德将把足球踢到太空去。在 NASA 太空训练营,他一次次进行着此项训练。

"嗨!能不能加入你们啊?"此是热情,是勇气,自然也是技艺的不断提高。结果是:"嗨!你们能不能加入我的啊?"也就能自信满满地获得"太空船票",让自己的梦升到高高的太空去。

有时候能够成功,不过就是有很多的勇气,仅此而已。俗话说,撑死胆大的,饿死胆小的。细想之下,不无道理。

每一颗心灵都是星星

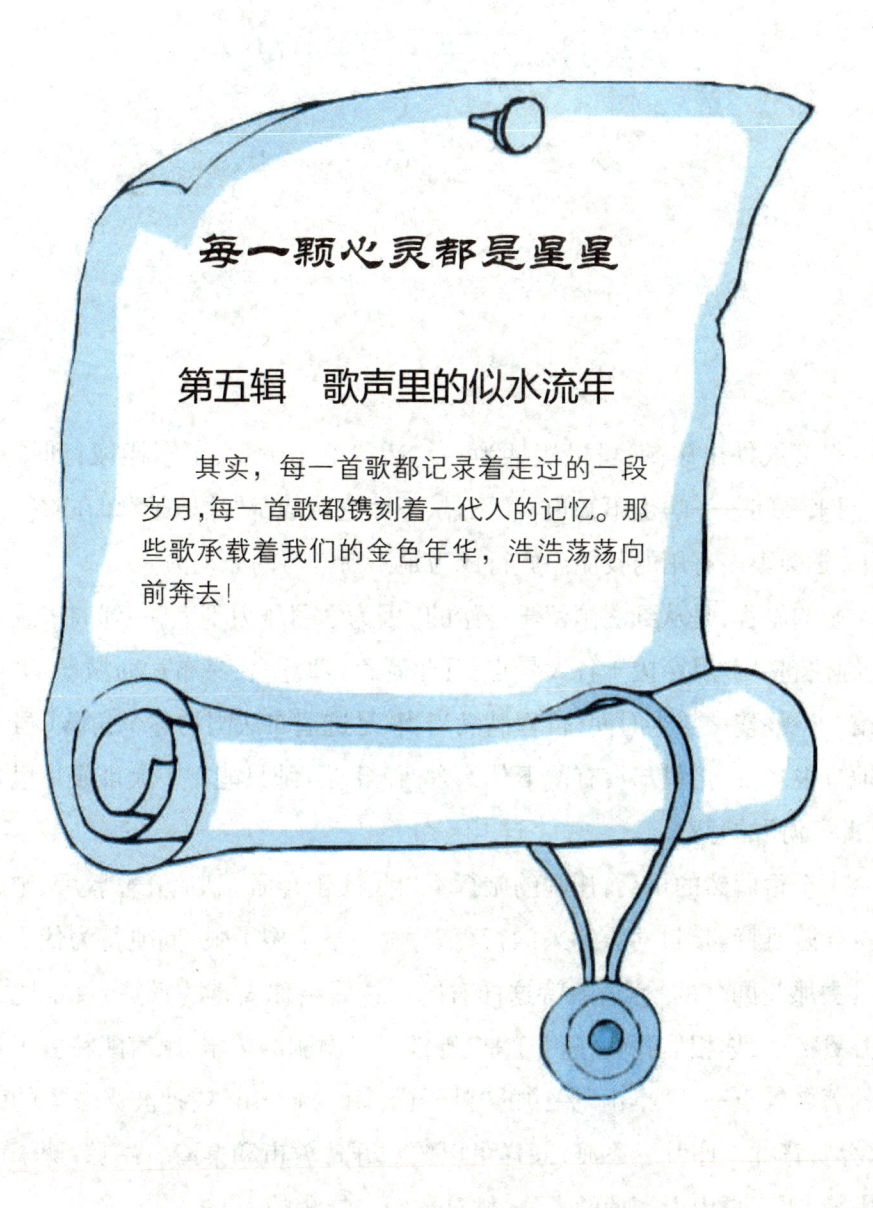

第五辑　歌声里的似水流年

其实，每一首歌都记录着走过的一段岁月，每一首歌都镌刻着一代人的记忆。那些歌承载着我们的金色年华，浩浩荡荡向前奔去！

旅行成为学习的原动力

嵇振颉

因为有梦，所以勇敢出发，选择出发，便只顾风雨兼程。

——佚名

很多人外出旅游，可以概括为一句话："上车睡觉，下车撒尿；到景点拍照，回来一问——啥也不知道。"不过，下面这位成都"甜妹子"却在旅行的逼迫下，学会很多有用的技能。旅行成为她不断学习的原动力。

她的旅程，是从到法国留学开始的。因为学习压力不大，一到周末或者假期，她便起早贪黑穿梭于各大景点：凡尔赛宫、罗浮宫、昂布瓦斯城堡、奥塞博物馆……整整一年半时间，行程满满当当，足迹遍布法国的各个角落。虽然走的地方很多，记忆里却没有留下什么东西。于是，她只能在一大堆照片里找寻"到此一游"的感觉。

一个很偶然的机会，让她的旅行不再是疲于奔命。到达开普敦后，她遇到一位导游凯特。接过对方递来的行程表，她一下子傻了眼。问凯特为什么不带自己去那些闻名的景点，凯特这样对她说："我给你安排的景点，肯定比那些地方更精彩，你相信我就好。"于是，她像一只温驯的羔羊，跟着凯特去了开普敦的著名景点——"桌山"旁边的"狮子山"。"狮子山"前拥波光粼粼的大西洋海湾，背枕一座乱云飞渡、同样可以俯瞰开普敦市和桌湾。站在"狮子山"的山腰，望着桌山上簇拥的人群，她这才明白导游的苦心。

第五辑 歌声里的似水流年

这天旅行结束,导游问她是不是学过划皮划艇或独木舟。她说没有,导游告诉她要临时改变行程,这也就意味着出海捕鱼这个项目将被取消。她不答应,能亲身感受捕鱼的乐趣及人鱼齐欢的氛围,是平时难以收获到的喜悦。她想象着这样的场景:当渔网慢慢地沉入海里,当海风轻轻地拂过脸颊,等待收获的同时也享受着海上的一切。拗不过她的意志,导游只好同意明天让她去试试,不过事先需要签署一份责任承诺书。

第二天,她和同行的另两位小姑娘上了一条塑料小船,往附近的一座小岛划去。凯特在背后大声地喊着,让她们不要往海里划得太远。可是因为巨大的波涛声,她根本听不见。随着风浪越来越大,小船开始不受她控制,随着洋流的走向越漂越远,她开始感到害怕,甚至感觉到死神在一步步地逼近自己。幸好周围出现一只路过的航船,这才把三个身陷危险的女孩救了上来。

事后她从凯特嘴里得知,划皮划艇和独木舟需要经过学习,就是为了防止意外、降低风险。旅游也要学习,这是她第一次听到这样的说法。"如果不具备一定的技能,旅行只能停留在很浅的层面。即使去的地方再多,也不能从中有所收获。这样的旅行还有什么意义?"凯特诚恳地对她说。

她明白学习技能的重要性,于是便拥有多项令人羡慕的傍身"技能":能自由行走南美洲的"西班牙语"、航拍及后期剪辑、能够追赶上"鲸鲨速度"的自由泳技巧、潜水、滑雪、划皮划艇、驾驶雪地摩托车……抱着对这个世界的好奇心,她仍在不断地学习。

此外,她几乎不以到访名气景点作为旅行目的,也不以刷新全球足迹为光荣任务。她去南非克鲁格国家公园追寻野生动物,北极追寻北极熊,在加勒比海同魔鬼鱼亲密接触,在毛里求斯和海豚一起游泳,去墨西哥和鲸鲨一起游泳。

就这样,技能的学习和旅行形成良性互动。每学习一项技能,就为她打开一扇通往未知旅程的大门;而为了去更多有趣的地方,她必须不断学习。

每一颗心灵都是星星

　　她叫田恬,"以旅行为动力,让自己不断进步。这就是我的人生哲学——旅行动力学"。正是她口中的"旅行动力学",让她在七年时间内,足迹踏遍全球36个国家262个城市。旅行观念的不同,让她的每次旅行都能产生丰厚的附加值。

　　当旅行成为学习的原动力,她的人生也增添了许多亮丽的色彩。

　　有些人把旅行当作体验生活,开阔视野的方式,可是大部分人只是把旅行当作享受生活的方式而已。带着旅行去学习,一路上看见的,不仅是风景,还有那些赖以为生的技能。

梦中意境

云轩一士

自信和希望是青年的特权。

——大仲马

黑夜,给忙碌一天的人们追梦的大好时机。虽然已过了追梦的年龄,但是梦境让我看清潜意识中被压抑的欲求。睡梦中,经常会出现那条带有梦幻色彩的小路,行走在其中,仿佛回到童话的年代……

忙完手头的杂务,终于可以卸下"面具",可以重新做回那个真实的自我。黑夜给了我一双黑色的眼睛,我却用它来寻找光明。或许在现实中,我无法达到理想中的乌托邦。不过没有关系,梦境提供了充足的想象空间。拉上窗帘,点上一支淡淡的清香,最后关闭灼眼的灯光,我终于可以亲吻梦乡的甜美。

虽然已经入睡,但头脑还是有些清醒。我知道这只是在梦境中,绝不是现实,但这并不

妨碍我欣赏周围的风景。旅程是从一片茂密的竹林开始的,竹林碧绿碧绿的,好似一块纯洁的翡翠。空气中,弥漫着一股翠竹的清香。过了那片竹林,就来到一条铺满花瓣的小路。路的两边,树木参差不齐、各领风骚。树上开着各色艳丽的鲜花,有叫得上名的,但更多的是我没有见识过的。相比刚才竹林中的清香,这里的香味更为浓厚、直入心脾。我完全沉醉在这天国般的浓香中,贪婪地允吸着香味,好像在品尝一款香气四溢的名酒。一阵清风吹来,树上的花瓣纷纷飘落,有的悄无声息地落到地上,有的扑打在脸庞上。看着在空中肆意飞舞的花精灵,不忍心去打搅它们的舞蹈。对于掉落在地上的花瓣,我更是怜香惜玉,不愿意踩到它们。这时,听到了远处传来了悠扬的竹笛声……

　　笛声好似天籁,时而急促、时而舒缓。我循着声音的源头,朝那个方向赶去。想象着吹笛者的容貌,那一定是一位"女神"。终于,看清了她的容貌,果然是闭月羞花之色、沉鱼落雁之容,犹如天上的仙女下凡。只见她身着一袭白衣,脸上略施粉黛像是画中女子一般。对于我意外出现,她并没有感到任何害羞,依然如入无人之境,制造着悦耳的曲调。我不想干扰她吹奏的雅兴,只是在一旁静静地听着。一曲终了,她冲我淡淡一笑,随后身体像羽毛一样飘浮起来,转瞬间消失在眼前。

　　没有感到任何失落,此女子不属于凡尘,又怎会在我这个凡夫俗子面前停留更多时间。她肯将尊容留在我的脑海中,对我已是莫大的恩赐。继续向前漫无目的地走着,不知道将走向何方……

　　喜欢这样行走的方式,虽然有些盲目,但这正是人生的终极意义所在。也许,人生本来就没有意义。至于生命的意义,很大程度上是由人们的意志赋予上去的。人的一生存在着生命时态,年幼时,生命状态是将来时,总是对未来充满无限的憧憬,希望自己快快长大;成年后,生命状态是现在时,注重当下利益,视线更多停留在脚下的每一步。由于一直被生存负担的重压,已经对未来没有太多的思考。年老时,生命状态是过去时,时日已经不多,生命乐章中的高潮已经过去,因此总是在回忆过去的经历。在回忆中,内心终会归于平静。正如刚才的所见所闻,只不过是过眼云烟,时间让一切成为历史,好像没有留下任何痕迹。但是,人就是生活在探求生命意义的道路上,正如我在梦境中所做的那一切,依然会无怨无悔地走下去,直到走不动的那一天……

带着微笑从梦境中走出,东方的天空已经慢慢吐白。新的一天又在等待我,更多的可能性和选择又摆在我面前。有过梦境中奇幻的经历,我不会为自己的选择而后悔。只要演绎出属于我自己的精彩,我就心满意足了。想到这一点,我自信地踏上崭新的"征程"。

> 梦总有醒的一天,那些斑斓的色彩总会消失,但是重要的是,有了微笑和自信,现实生活灰暗的色彩也会变得明亮起来。

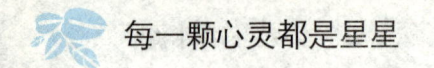

独行青春里的美妙歌声

安一朗

> 在这城市里,我相信一定会有那么一个人,想着同样的事情,怀着相似的频率,在某站寂寞的出口,安排好了与我相遇。
>
> ——张爱玲

1

林小小读高一时,偶然听见一首老歌,然后她着了魔似的喜欢上那位歌手,把这位歌手演唱过的所有歌曲听了一遍又一遍,那些纯美又略带忧伤的老歌让林小小如痴如醉。

小时候的林小小是个活泼快乐的女孩,她在少年宫学唱歌,连音乐老师都夸她像只百灵鸟。后来上五年级那年,林小小生了一场大病,病愈后,由于药物的副作用,身材瘦小的她日渐长胖,变成了大家眼中的胖子。

那一年,林小小参加了最后一次唱歌比赛。她发挥出色,却只得了第三名。"唱得确实好,但胖成那个样子……可惜了。"一个同学不经意的一句议论落入林小小的耳朵,在她平静的心里掀起了滔天巨浪,她惊呆了,也瞬间明白了身边的同学一天天疏远自己的缘由。宣泄般号哭了一个晚上后,林小小像是变了一个人。她再也不肯当着别人的面唱歌了,整日耷拉着脑袋,对谁都鲜有话说。

2

在班上一群爱笑爱闹的同学中,林小小像一只落错枝头的鸟儿,她找不到自己的同伴。因为沉默,成绩中等的她时常被人遗忘。被遗忘对林小小来说倒是件好事,但班上总有一些调皮的男生不放过她。

有一天她正准备进教室,突然听到有个男生说:"林小小的父母也真够绝的,女儿都胖成那样了,还叫她小小。"说完,一阵哄笑声在教室里回荡。

"洪宇,你嘴巴太损了,欺负女生有意思吗?"一个女孩及时制止了这场闹剧。林小小听声音就知道这是班长程灵。

林小小阴着脸推开门,径自走进去,刚刚还喧闹的教室顿时鸦雀无声。

作为班长,程灵一次次主动接近林小小,但林小小不为所动,她冷漠而倔强地拒绝了程灵的友善。那些不为人知的忧伤,程灵不会懂,林小小不需要别人的同情和怜悯,她只想活在自己的世界里,独自忧伤,独自歌唱。

林小小冷漠得像一块冰,但程灵就是铁了心,要用自己的热情融化这块冰。她想走进林小小的世界,帮她打开紧闭的心扉。16岁如花的季节,岂能如此安静消沉?

3

程灵一次次的努力都是徒劳。林小小冷漠的表情拒她于千里之外。

只是程灵没有看见,在她垂丧地转身离开时,林小小眼中闪现过的柔光。林小小对程灵的热心和善良是有感知的,也充满感激,但她紧闭自己的心扉太久了,她不知道要如何打开,不知道打开后又将会遭遇怎样的境况。

林小小沉默不语,却也在冷眼旁观。她已经知道了那天在教室里大声喧叫"林小小,人小小,却是个大胖子"的男生叫洪宇,一个长相清秀,却很调皮的男生，在班上常惹事。时常有女生向班长程灵告状，说洪宇欺负她们。程灵每每将洪宇抓来一顿训时，他会装得可怜兮兮，连连认错，保证以后再也不敢。程灵让他向大家道歉，他一脸悔过自新的表情常惹得众女生一阵大笑，在他向众人诚恐诚惶地点头哈腰时，眼珠子却在骨碌碌地转，一个坏点子又来了，闹得大家又好笑又好气。

班上出了这个活宝级的人物，无聊、单调的学习生活倒也增添了不少乐趣。教室里，只要有洪宇在，总是笑声阵阵，好不热闹。

林小小看着他们开心地笑，有时心里竟也很羡慕洪宇的洒脱个性，他虽然爱逗乐别人，但心眼并不坏。林小小也羡慕程灵，觉得她是上天特别眷顾的女生。

4

有一天傍晚，林小小去教室晚自习。时间尚早，空荡荡的教室里只有她一个人，伫立在窗前，望着天空中绚丽的晚霞，林小小沉浸其中，不经意地哼唱起一首经典的老歌。可能是太投入吧，笼罩在夕阳余晖中的林小小唱得忘乎所以，那深情、悠扬的歌声随风飘荡。

不知过了多久，门口突然传来叫好声，林小小的歌声戛然而止。

"哇！唱得太好听了！天籁之声呀！"洪宇竖起大拇指，一脸惊喜。

林小小的脸霎时像抹了胭脂，她习惯性地低下头，不吭声了。

"对不起！打断了你美妙的歌声，我实在是情不自禁才叫出来的。"洪宇说。

"你继续唱吧，你唱得真好！"洪宇接着说。

"谢谢！但请你为我保守这个秘密。"过了一会儿，林小小突然低声说。

洪宇想不明白，林小小为什么不愿意让别人知道她能唱出如此美妙的歌声呢?

后来的日子里,林小小一如既往地沉默,每天形单影只。洪宇却无法当作什么事情都不曾发生,他被林小小的歌声镇住了,他觉得自己曾经嘲笑她胖简直是太幼稚了,这个外表平凡的胖女生原来很不一般。

林小小从来没有想过,会有男生这样称赞她。当她再次见到洪宇时,内心忽然间感到慌乱又甜蜜。她是一个敏感而心思细腻的女生,想着洪宇那天黄昏对她说的话,林小小的嘴角悄然绽放出一抹明媚的笑,但当她听到班上的同学盛传洪宇喜欢班长程灵时,林小小刚刚开启一条小缝的心扉再次严严实实地关闭了。

一天课间,程灵跟以往一样,又主动跟林小小打招呼。

"别假惺惺好吗?我很累。"林小小盯着程灵说。

"小小,为什么这样说?"程灵哽咽着问。她不明白自己做错了什么,她只是想帮林小小走出孤独,让她快乐起来。

看见程灵流泪,几个围观的女生赶紧跑过去安慰她:"班长,别人不领情,何必委屈自己?"

"好心被狗咬,能不伤心吗?"

"死胖子,不知好人心。"

众女生骂骂咧咧,所有矛头都指向林小小。

林小小心如虫噬,她也不明白自己怎么会说出如此伤人的话。难道……脑海中突然闪现洪宇微笑着的脸庞时,林小小惊呆了。

5

时间有条不紊地从身边滑过,像暗夜中潜行的溪流。

升上高二,随着文理分科,林小小已经很少看见洪宇。程灵依旧是林小小

每一颗心灵都是星星

的班长,但自高一期间发生的事情后,她再也没有主动找林小小说过话。林小小心里充满歉意,但不知道怎样请求程灵的原谅。

随着高考的临近,在紧张的学习中,林小小总会患得患失,她会想起洪宇嬉笑的脸,会想起程灵扑簌簌滑落的眼泪,心里怅然若失。

临毕业那几天,洪宇拿着毕业留言册站在林小小的面前说:"老同学,赏个脸,帮我留个言吧!"林小小惊讶地望着洪宇,心跳骤然加快。

"真希望还有机会听你唱歌,你的歌声简直是天籁!虽然我一直为你保守这个秘密,但我还是觉得你的歌声应该让更多的人听到。"洪宇继续说。

林小小怔怔地望着洪宇,表面平静,心潮却暗自涌动。

程灵的留言册是在高考结束的那天才送到林小小的手中。林小小面对微笑的程灵,看着空荡荡的教室,心里充满了离别的愁绪。她低下头,真诚地说:"程灵,以前的事对不起!但我会记住你曾经对我的好。"程灵惊讶地望着林小小,她没想到,这个冰一样沉默的女孩会亲口对她说这些话。

"小小,那天我来教室时,不经意听到了你和洪宇的对话,才知道原来你也是个爱唱歌的女孩,找个时间我们一起去唱歌吧!"程灵热情地说。

"好啊,一定要邀上我!"不知什么时候,洪宇已经站在她们面前了。

林小小害羞地低下头不吭声了,脸上却挂着笑。这段孤独行走的青春结束了,她再也不要一个人寂寞地歌唱了。

> 那时候的我们,总是喜欢把自己藏得很深很深,可是,只有自己清楚,自己该多寂寞。

我们为班花狂

冠豸

青春的幻想既狂热又可爱。

——约肖特豪斯

1

15岁的我,喜欢我们班花。

我像班花的忠实保镖,总是尾随在她回家的路上,不远不近地跟着她。我在意别人对她的态度,希望全世界的人都像我一样喜欢她,对她好,但又不愿意她对所有人都好,只希望她对我一个人好。

可是班花不懂,她从来不懂有个男生在为她痴狂,为她快乐或忧伤,为她患得患失,为她在自己15岁生日许下可以跟她相约到白头的愿望。15岁内敛、懦弱的男孩,因为自己的喜欢,可以为她变得坚强和勇敢。

我从来没有想到,我居然能够把练跆拳道的魏勇一下就放倒在地上,仅仅因为魏勇在我面前说:"班花是头猪,什么都不会。"她怎么就什么都不会呢?她的作文写得好,次次被老师表扬,她的字写得漂亮,一个一个娟秀、工整的字充满了灵气,她的舞跳也得好,在舞台上裙裾飞舞,曼妙婀娜,她还会弹钢琴,还会唱歌……一个多才多艺的漂亮女生,怎么能够被说成"是头猪"?魏勇就是欠揍。

每一颗心灵都是星星

　　其实魏勇说的也是实话,班花的物理和化学确实是太差,每次考试都不及格,那么简单的题怎么就不会?看她上课挺认真,都听到哪儿去了?我心里为她着急,魏勇也替她着急。我知道魏勇也喜欢班花,全班人都知道魏勇的喜欢,他在班上公开说过。可是魏勇还是骂她了,骂她是头猪,把她骂哭了,我怎么能不把他放倒在地呢?就是欺负一个女生也不可以,何况她还是班花?是我喜欢的女孩子。

　　魏勇并不知道我也喜欢班花,当我把他放倒后,他对着我嚷:"我骂班花又没骂你?你以为你是班花呀?""我不是,可是你太欺负人了?你怎么可以骂班花是头猪呢?"我理直气壮。围观的同学跟着起哄,魏勇红着脸没再闹。

　　我和魏勇不是一路人,虽然我们的成绩不相上下,但平日里没什么交往。他总是静不住,喜欢嚷嚷,喜欢表现,喜欢做一些和自己意愿相反的事。明明是喜欢的,他却处处刁难,处处作对,让对方难堪,他走了一条和我截然相反的路来表现自己对班花的喜欢。

2

　　安静、内敛的人总是更容易与女生交往,她们喜欢找我说话,喜欢邀请我加入她们的活动,喜欢在她们遇见问题时,让我为她们拿主意。我也愿意多和其他女生一起交往,毕竟这样才不会被人发现我的喜欢。我不想自己的心事被人知晓,那是属于我自己的秘密。

　　我从来没有在班花面前流露出自己的喜欢,我怕被她知道后,她会认为我多么浅薄,毕竟我不是魏勇,不会高调张扬。我对班上女孩子一视同仁,可内心里,却又多希望她能够读懂我的心思。为了帮她提高物理和化学的成绩,我就先诚恳地向她请教写好作文的窍门,然后交换着,我教她解决理、化的难题,我认为这样是最好的途径,是一种双赢,她的自尊心不会受到一丁点的伤害。

第五辑　歌声里的似水流年

喜欢听她说话的声音,喜欢看她说话的样子,她每次教我写作文时都会说,用心写,把心里想的都写出来。她说话的口吻那么温柔,让我常常有一种错觉,她可能也喜欢我吧。

我们面对面坐着,窗外是白云朵朵的艳阳天,葱翠的绿树在灿烂阳光下恣意张扬。教室里,穿堂风拍打着窗棂,斑驳的阳光在教室里铺陈开一幅光怪陆离的黑白画,一切都那么和谐。

我一脸微笑,用笔指着书本,用最简单的话语陈述书中复杂抽象的原理,还在稿纸上画了一个又一个图形,只希望她能看懂。她听得很认真,长长的睫毛下一双大眼睛扑闪,她时而盯着书本,时而把目光转到我脸上,手挠着头,露出疑惑的表情。

"明白了吗?"我轻声问。

她摇摇头,脸上呈现出胭脂色。

"没关系,我们再来一次。"我耐心地又重头再讲一遍,心里却有些抓狂了。怎么就理解不了呢?多简单的问题呀?只要转几个小弯就搞定了。说实在的,在物化方面,她还真是榆木脑袋,不开窍。怪不得魏勇会骂"班花是头猪",估计他也花了不少时间教她解题。

难道真是脑袋长得不一样?她写起作文来,文采飞扬,思路清晰,可是一遇见理化就一脑袋糨糊了,那么简单的题,讲了五遍,她还是一知半解,真是急死我了。

我在心里暗暗地和魏勇竞争,我教她,他也教她,我希望我的解题方法更简单易懂,我的解题思路她更能理解。就是态度上,我也要强过魏勇,那家伙性子急,一急就净说胡话,还骂她是头猪,把她惹毛了,她说再也不要魏勇教她了,一点都不好。

3

  我有点后悔把魏勇当众放倒在地,这样我也喜欢班花的事就人人皆知了。

  魏勇后来时常骂我是小人,乘人之危。那些女生也感觉我利用了她们的好感,对我突然就冷淡起来。还好班花对我却是热情依旧,只是我自己,因为心思被知晓,再也装不出过去一派"正人君子"的表情。再教班花解难题时,就会莫名脸红,说话也支吾起来。

  魏勇虽惹哭了班花,班花也说过再也不要他教了,但魏勇还是有事没事就围绕在她旁边,有时故意为难她,有时又积极帮助她,哗众取宠地逗她笑。时晴时雨的魏勇,谁也捉摸不透他真正的心思。或许,这就是他喜欢班花的表现吧。

  看魏勇不是把班花惹哭,就是把她逗笑,我心里异常恼火。这个魏勇,把自己当谁啦?我和他形同水火,势不两立。很多次,我都想对班花说,让她以后别理魏勇了,可这样的话我说不出口,我怕给她留下"心胸狭窄"的印象。

  魏勇见班花对我好,见我们一起讨论作业时说说笑笑,也是一脸寒霜,三番五次故意来找碴儿。特别是有一次学校文艺会演,老师要在班上选几个人,排练一个小节目。以往都是班花带着几个女生跳舞,但这次老师要求男生也参与。

  班花是文艺骨干,她提议她弹钢琴,我拉小提琴,选几个同学合唱,这样场面就好看了。老班听后,频频点头。我正得意时,没想到,魏勇毛遂自荐,说他也会拉小提琴,他想和班花配合。我知道魏勇也学小提琴,在小学时,我们同台比赛过,名次一样,都是三等奖。

  听了魏勇的话,老班就建议我们一起配合班花。为显大度,我站起身说:"我觉得这样的安排挺合理的。"然后转过头对班花笑。

  班花早知道我们不和,就一定强调要我们好好合作,不能再起事端。当着班花的面,我们都大笑着故作亲密一口答应,男子汉嘛,哪能计较这点鸡毛蒜皮的小事,一旦班花走开,我们就原形毕露,横眉竖眼,恨不得一脚把对方踹走。

排练几天,班花夸我琴技好时魏勇就不舒服了,他喃喃自语:"没听出好在哪儿。"我瞪他一眼,颇为得意。有班花肯定就行了,至于魏勇的看法,一点都不重要。魏勇哪是那么容易认输的人,他暗自努力,练得比我还勤奋。

在排练节目的过程中,也是我和魏勇斗智斗勇的过程,在班花面前,我们故作亲热,她一离开就怒目相视。我们挖空心思各显神通讨好班花,哄她开心……后来,当我和魏勇真正成为朋友时,一起回首那段往事,都会禁不住开怀大笑。那时的喜欢多单纯呀,只是希望看见她笑,一切都有意义了。

4

为了引起班花的注意,为了逗她开心,我做了很多以我内敛的性格很难做出的事,我不在乎别人的嘲笑,变得勇敢,变得爱说话,甚至于能言善辩了,特别是和魏勇争论时,我是一句也不想输给他。那样的疯狂,都是因为班花。

魏勇也一样,他用自己的方式和我竞争,他故意惹她哭,也用心逗她笑,他为她重新拾起快要荒废的小提琴,练得专注而投入。小时候,他是被父母逼着拉琴,后来是为了班花疯狂拉琴。他直言不讳地说过,他所有疯狂的举动都是为了班花。

魏勇的喜欢和我的喜欢一样执着、纯洁、真切,想表现自己是理所当然的,想排挤对方也是势在必行,我们喜欢我们的班花,我们为她疯狂。

年少轻狂的岁月,我们都不想输给对方,不想让对方抢走自己的"喜欢",即使那是一段纯洁得连牵手都没有过的"喜欢",我们依旧如痴如醉地疯狂着,喜欢着。

那是15岁那年最难忘的事情。

有什么呢,因为年轻,因为可以拼,可以追赶,可以勇敢。那是青春全部的意义。

与一只"蝶"不期而遇

龙岩阿泰

我们的行动就是我们的最后审判人。

——欧·梅雷迪思

1

那次讲故事比赛结束后我悻悻地离开,心里充满失落。准备了那么久,却因为抽签抽到第一个出场,我完全乱了阵脚,那些熟记在脑海中的故事被我讲得乱七八糟。垫底的名次让我对自己讲故事的水平产生了严重的怀疑。

低着头,我郁闷地在操场上溜达。"哎哟!谁呀?"一声清脆的叫声吓了我一跳,抬头看,原来是我硬生生撞上了高一届的学姐张彩蝶。她正捧着书本在默背英语单词,嘴里念念有词时,被低头走路的我撞上了。

我认识张彩蝶,她是校花,而且成绩顶呱呱。漂亮的女生总是男生注目的焦点,再加上好成绩,她在校园里可谓是"叱咤风云"的明星级人物。

我慌忙蹲下身帮她捡起掉在地上的书,递给她时,她嫣然一笑,说:"在想什么呢?看你无精打采的样子。"

我没想到,传说中高高在上的张彩蝶原来待人这么亲切,我傻笑了一下,挠着头不好意思起来。"这么腼腆呀?男生还脸红。"说着,她"呵呵"地笑了起来。我跟着尴尬的笑,脸在瞬间涨得更红了。

"好啦！不逗你。我认识你,低我一届,文艺会演上,你说的相声真的很逗!"张彩蝶说。她居然认得我？还记得我说的相声,真是意外,心里禁不住乐开了花。

人与人的相识,有时就是不经意间的不期而遇。很奇怪的感觉,初次相识,却像是久违的老朋友。我感觉得到她也愿意和我说话,而且聊得很开心。

张彩蝶对我的态度让我有了倾诉的冲动,我一股脑儿把心里不痛快的事说了出来,最后还懊恼地后悔:"早知道不参加,多丢人,居然垫底了。"

她睁大眼睛看我,不解地问:"你不是喜欢讲故事吗？而且你口才极棒,准备的过程应该才是最重要的经历,这有什么不开心的？名次好固然值得庆贺,但你做了你喜欢做的事,你也有你自己的价值,有什么不好呢？"

我没理解过来张彩蝶的话,但能够说出心里的不开心,感觉就好多了。

2

一个校园里,熟悉后,我们又在操场遇见过几次,每次她手里都拿着一本书。于是我好奇地问她干吗走哪儿都带着书。

她看着我,扮了一个苦笑的表情,说:"时间不够用呀,你以为好成绩都是天上掉下来的呀!"听了她的解释,我才知道,她每天放学后,除了要去上声乐课,还要练舞蹈,作业基本上都在放学前完成,回到家里,还要完成她自己制订的学习计划。

"你这样不累吗？马不停蹄的。"我问。实在有点想不明白她干吗这样折腾自己。

"都是我喜欢做的事,哪样都不想放弃,所以就累并快乐着。"她笑笑说。

"专攻一样不是更容易出成绩吗？"我有些功利地问。我做一件事情,就想做到最好,参加比赛,就想得好名次。

"有成绩当然好,不过那又怎么样呢？我做自己喜欢而且愿意做的事,我努力了,结果就不重要了。鱼和熊掌两难选择时,我就都不放弃,因为放弃哪样我都会难过。我更在乎自己努力的过程。"

我不理解张彩蝶的话,她真不在乎结果吗？那她那么努力干什么呢？我的成绩也不错,但我做什么事都想争第一。往往现实与梦想总是背道而驰,让我提不起精神。我总觉得,付出了努力就一定要有收获,要不就不去浪费时间了。

"其实你不知道,在学唱歌的人中,我属于最没天赋的,而且嗓音条件也不好,不过,我自己喜欢唱,而且我姥姥特别喜欢听我唱歌,所以我就一直在学。我当然知道,我以后成不了歌星,那也不是我的梦想,不过,我就是喜欢用唱歌来表达自己的情感,能否赢过别人一点都不重要,重要的是,我觉得自己比以前有进步了,我特开心。"张彩蝶絮絮叨叨,讲得神采飞扬。

这和我印象中的优秀生一点都不一样。毕竟人的天赋不同,有些东西自己虽然喜欢,却没能力做好的,大家都是尽可能扬长避短,谁愿意让自己在众人面前出丑呢？

我挺怀疑张彩蝶的话。

3

学校里的活动很多,我终于逮到一个机会,想亲自验证一下张彩蝶对结果真的像她自己说的那么不在乎吗？

当校园卡拉OK比赛如火如荼地展开时,我怂恿她去报名。她果真报了名,还扬扬得意地对我说:"要不,你也参加吧！"

我不敢,会唱歌的人太多了,我可不想在初赛就被淘汰掉,那太没面子了。

第五辑 歌声里的似水流年

我听过张彩蝶唱歌,她真的属于没唱歌天赋的那种人,虽然学得很认真,但天生的嗓音条件限制了她。不出所料,她虽然在初赛时勉强闯过去了,但一到复赛就出局。

那天放学时,我原想好好安慰她几句,毕竟女生都脸皮薄,而且像她这种校花级别的优秀女生,影响力更是不同凡响,她的出局成了许多同学闲聊时的笑料,说她就爱出风头。我有一种负罪感,毕竟是我怂恿她参赛的,她现在输了,被人嘲笑,一定挺恨我。

见到她时,我低低地说:"张彩蝶,对不起!"她奇怪地望着我,一脸迷惑的表情。"我不该鼓动你去参加唱歌比赛的。"我一说完,就把头低下。没想到,她居然"扑哧"一声笑了起来:"我以为什么事呢?其实就算你没说,我也要参加的,去年我也参加了,但初赛就出局,今年我前进了一步,挺好的。"

我惊讶地望着她,这个面容清秀的女生,她长的是什么脑袋瓜子呢?学过唱歌的人,连初赛都没过,还敢再次参赛?怪不得……我突然明白了那些同学嘲笑她的原因。

"我参赛是因为我想参赛,我喜欢做的事,和别人有什么关系呢?我努力了,一点都不遗憾。可能我挺自私吧,我更在乎自己的感觉,喜欢经历一些事,结果呢?真的不重要。这次唱歌比赛,我唱了自己新学会的一首歌,感觉很好呀。"她侃侃而谈。

看来我的担心是多余的,看着她依旧笑容满面的脸,悬着的心终可以放下。

在好奇心的驱使下,我支支吾吾地问了她一个问题:"像你这种容貌、成绩都很好的女生,难道不怕自己出丑吗?毕竟唱歌不是你的强项。""面子问题吧?那都是别人的事,我才不在乎,我在乎的是我自己的态度和努力程度,结果顺其自然。我们都是为自己活的,干吗要根据别人的看法来做选择呢?"张彩蝶说。

每一颗心灵都是星星

我听后,若有所思地点点头,确实找不到可以反驳她的话。

4

张彩蝶真的是一个奇怪的女生,她活得很自我。

我听她同班的一个同学说,有一次,老师推荐她去市里参加一个比赛,许多人都想去,但她居然拒绝了,她说她不想参加,因为没心情。那是一个难得的机会,她因为"没心情"就放弃了。我后来询问她这件事时,她解释说,当时就是没心情不想参加,所以放弃。

"我从来不想勉强自己做自己不愿意做的事。但我愿意做的,即使我不擅长,我也会努力。每个人都有自己的价值,都有自己的想法,我按自己的想法过活,很快乐,有什么不可以呢?"张彩蝶说。

她的反问让我哑口无言。

她只愿意做自己选择的事,享受努力的过程,结果于她,从来不是件重要的事。

这只不期而遇的彩蝶让我对人对事多了一分理解,每个人都是独立的存在,按自己的意愿行事有什么不好呢?就像她说的,只要是自己想做的事肯定会去努力,但天赋的东西总是存在,并非努力了就一定会有好结果,可是有没有好结果又如何呢,自己参与了,用心了,整个过程就是难得的回忆和享受,结果有那么重要吗?

她这种不在乎结果的人还真是少,毕竟我们付出努力时,就是希望有个好一点的结果。

> 你只需要去做就对了。我们经常会对一件事情抱有态度情绪,比如害怕做不好,比如害怕失败等。可是又有什么关系呢?过程才是最重要的。

116

似水流年中唯一的名字

冠豸

如果我们都是孩子,就可以留在时光的原地,坐在一起一边听那些永不老去的故事一边慢慢皓首。

——郭敬明

1

好姐妹丁铃告诉我,有个男生,用我的手机打电话给她,说是路上捡到的,并让她传话给手机主人,第二天中午在"山泉"水吧见面。

"真的吗?有人要还我手机?"我兴奋地叫起来,自手机丢后,我一直像棵被烈日炙烤得发蔫的蒿草,做什么事都提不起兴致。

"声音很好听哟!说不准是个帅哥。"丁铃故意逗乐我。

"管他是不是帅哥,能把手机还我就是好人。"我说。

这是我第三次丢手机了,前面的两次,手机丢后就被关机了。这年头,丢了东西能找回来的概率太低了,我感觉自己特别幸运,而那个捡我手机的人,真是天底下难得的好人。

2

一放学,我和丁铃就急着赶到"山泉"水吧门口。

每一颗心灵都是星星

"山泉"水吧是这个城市里很出名的一个娱乐场所,学生中,没有人不知道那个地方。在等人的过程中,我突然间想到了一个问题,那个还我手机的人,他会不会向我要钱呢?

来来往往的人很多,我猜测着,到底是哪个人捡了我的手机?

"晏子,你说那人会来吗?"等了一阵儿,还我手机的人还没出现时,丁铃问我。

"谁知道呢?这消息还是你告诉我的。"我有点心灰意冷了,不知道那人是不是故意耍弄我。心里烦闷,我随脚踢开了一团别人丢在地上的广告纸。

"好准呀,谁抛的绣球?"对面站着一个正在拨打手机的男生,在我把纸团以一道优美的弧线踢到他脸上时,他抬起头说。

很清秀的一个男生,可是这张嘴也太能占便宜了。我不屑地想,心里正担心着我的手机,赏了他一记"白眼球"后,没再理会。

"晏子,你说那男生会不会改变主意了?我们都等了十来分钟。"丁铃在又问我。

我瞪了丁铃一眼,她才闭嘴。就在我瞪眼时,丁铃的手机欢快地唱起凤凰传奇的《荷塘月色》,虽是恶俗的铃音,但在这时的我听来,那是世上最美妙的歌声了。

"喂!"丁铃急切地接听手机,然后马上问,"你怎么还不来呀?"

我愣住了,目瞪口呆地看着刚才那个嘴贱的男生,他一边拨打电话,目光也随之转了过来。不会吧?难道是他捡了我的手机?

"你们好!"他露出一个迷死人不偿命的微笑。我尴尬地应了声,再不敢说话。倒是丁铃,欢呼雀跃,马上甜甜地说:"你好!"

丁铃见了帅哥眼睛马上发亮。见她又犯"花痴"了,我急忙扯了扯她的衣服,示意她不要忘了此行的目的。我真怕丁铃一激动就和帅哥聊个海阔天空,然后忘记正事。

丁铃拨开我的手,向前走了一步,脸上堆满笑容,娇柔地望着面前的男生,嗲嗲地问:"为什么迟到呢?"

第五辑 歌声里的似水流年

老天,又不是约会,她这是干吗?我急忙挤过身去,说:"是你捡到我的手机吗?"

他说是。

望着这个眼神清澈的男生,我有一种似曾相识的熟悉感。他也在走近我后,眼神愣了一下,说:"这是你的手机,给你。"

在我伸出手,准备去接手机时,丁铃抢先把手机拿了过去,还突然大叫一声:"慢着!怎么就结束了?晏子,你至少得请帅哥喝杯果汁什么的吧?人家捡到你的手机,还大老远送回来,怎么也得表示一下谢意。要不,也太不懂事了。"

丁铃的大叫吓了我一跳,不过,这个臭丫头,她心里想什么,我全明白,于是顺水推舟答应了。要不,回去后,她会几天都在唠叨这件事。

那个男生却是一直盯着我,像在回忆什么,看得我都不好意思了。

"干吗老看我?"我好奇地问。

"你是俞晏子?连城实验二小的俞晏子?练跆拳道的侠女?"

他认识我?我吓了一跳。于是慢慢抬起头,一脸疑惑地望着他。确实,我也感觉见过他,但怎么也想不起来这个人是谁?

"你们认识?"丁铃感慨的声音里却透着沮丧。

那男生充耳不闻,他自顾自地介绍:"我是姜洋呀,记得我吗?我是你的老同桌,当年胖胖的那个男生。"

"姜洋?"我重复一遍,让记忆的轮子飞速转动起来。

"江洋?我还大盗呢?算我多余,果汁不喝啦。"丁铃悻悻道。

我没理睬丁铃,她就这样,受不了冷落,我现在要紧的是想起过去的同桌中,哪一个叫姜洋。沉浸在记忆里追寻,连城实验二小,我确实是在那里念的小学,姜洋?姜胖子?我突然欣喜地叫出来:"你是当年的姜胖子呀?哈哈。"

姜洋的脸一下红了,他挠着头,冲我做了个鬼脸,悻悻地说:"是我呀,想起来了吧?"我笑,真开心呀,没想到会以这种方式与老同学见面。丁铃却是生气了，她愤愤地说："当我隐形呀？没人搭理我。走吧，我要喝果汁了，一会儿有得聊，别在太阳下晒了，看看，我这雪白的肌肤都黑了。"

我拉起丁铃的手，瞪眼说："好，走吧，一会儿犒劳你，想吃什么随便点，本姑娘今天高兴。"

3

进了"山泉"水吧后，丁铃就喧宾夺主点了很多东西。

这丫头的脾气我懂。不就见姜洋是我的老同学，她觉得浑身不舒服了，要我放放血。

丁铃喝着西瓜汁，薯条一根接一根塞进嘴里，眼睛却盯着姜洋，边吃边说："帅哥，说说看，你是怎么从当年的小胖子变成大帅哥的？"

我和姜洋相视而笑，我也奇怪，小时候的他好胖，怎么长大后就变好看了呢？都说女大十八变，难道男生也一样？越长越帅？

"我没注意，自然生长的。"姜洋说。

"那你的意思是天生丽质？"丁铃撇嘴说，一脸的不相信。

姜洋脸红了。我想，他应该是第一次面对女生询问关于长得帅的原因吧？不想他尴尬，我急忙转移话题。

姜洋是我小学三年级之前的同学，就连幼儿园也是一块念的。那时的他好胖，班上的同学都叫他"小肥猪"，还喜欢用手去捏他肉嘟嘟的脸。我记得，那时的他很内向，不爱说话，被同学欺负了，只会哭。

"那时的你好害羞。"我说，倏地想起刚才还在心里骂他嘴贱，"扑哧"笑了。

"笑什么笑？我知道你今天很开心，手机回来了，还从天上掉下一个帅哥老同桌，那也不必要这样明目张胆嘛，真是往我心里扎针。"丁铃不满地插话，脸上挂满沮丧的表情。

"是呀,以前很害羞,还好那时,你这个练跆拳道的侠女同桌老帮我。"姜洋真诚地望着我,眸光闪动。

说起往事,姜洋的话匣子一下打开了,听着他的话,我大吃一惊,那么久远以前的事,他居然都还记得那么清楚。

听着姜洋的话,我的脸慢慢热起来,一片潮红。我有那么好吗?我记得,我当时也会骂他,也会嫌弃他笨手笨脚,还爱捏他的脸,觉得很好玩。

"我有那么好吗?"我脸红了。

"你别谦虚,青梅竹马多浪漫呀,从小眼光好,一看就知道别人是好苗子,长大后定成帅哥,所以从那时候就开始培养了。"丁铃酸溜溜地说。

"丁铃!不说话没人当你是哑巴。"我瞪了她一眼,耳根发烫。

听到姜洋深情款款地说起那些我都淡忘了的往事时,心里竟有种莫名的豪迈感。他说话时的样子好感人,哪像班上那些男生,成天叫我男人婆。

"是,晏女侠,我知道,我多余,我闭嘴行了吧?不要赶我走哟!"丁铃故意逗乐。

"那时,整个班上,只有你对我最好,这么多年来,我一直记得。我现在还常常画你曾经教我画的向日葵。"姜洋动情地说。

这算是表白吗?我的小心脏不受控制地"怦怦"狂跳起来。第一次有男生这样对我说,他给了我那么多的肯定。那些年少的往事,他居然记得那么清楚,难道他一直一直……我不敢想了,脸上热辣辣的,估计红得像抹了胭脂。

4

那天晚上,我辗转反侧无法入眠。

我努力回忆那些隐约的往事,说真的,我记不全了,如果不是姜洋提起,我不会记得生命中曾经有过这样一个同桌。我所做的事,应该都是举手之劳,点点滴滴,他却记得那么清晰,仿佛才发生在昨天。

姜洋还给我发了条短信:"似水流年中唯一的名字——俞晏子。"

难道姜洋喜欢我?可当年,我们才多大呀?他应该是记得那份同桌的友谊吧。毕竟我们隔了那么多年才见面……

我想着姜洋现在帅气的面孔,实在无法和他当年胖嘟嘟的脸联系在一起。一个男生的蜕变怎么会如此巨大呢?

姜洋说的话,依旧回响:"只有你对我最好,这么多年来,我一直记得。"

如果这是一句情话,那该是世界上最动听的,在他说时,我的心一片温润。其实这句话是不是情话又有什么关系呢?这是我听过的,最温暖的一句话。

"小学三年级后,我们家搬到市里,我也转学过去,那时,我还哭闹着不肯转学……人生真玄妙呀,我没想到,失散多年的你,居然会以这样的方式再见面,那个手机真是神奇。"

姜洋在水吧时一直感叹我们的相遇,他说缘于手机。一个手机的丢失居然能够再次把我们联系起来。还好他拾金不昧才有这次的相遇。

如果姜洋现在不是帅哥,我们相遇后,我会辗转反侧吗?我不知道。可是他那么帅,我的心不由自主地就会激动。我虽然总骂丁铃"花痴",其实我也一样。我知道不该以貌取人,但心的感知骗不了自己……

在我思绪蹁跹时,手机铃声突然响起,吓了我一跳。

一接听,耳边就响起丁铃阴阳怪气的声音:"嘚瑟了?肯定失眠了吧?""丁铃!"我大声叫起来,"大半夜的干吗打扰我的美梦呀!""对不起啦,晏侠女,你就原谅一下我的心情嘛。"丁铃扮着可怜。

手机都发烫了,丁铃还舍不得挂。她嘀嘀咕咕地在电话那头说个不停,我听着,心花怒放。悄悄话说了大半夜,我困得实在撑不住了,叫她停下,她还意犹未尽地要求再说几句。

第二天去学校,才早上第一节课,我和丁铃竟然就在老班的眼皮底下一起睡着了。老班气急败坏,他用书拍着桌子说:"你们两个昨晚去偷鸡了不成？大清早的居然能够在课堂上睡得那么香？"

老班让我们到走廊罚站。

虽被罚站,但我一点也不难过。站在清晨明媚的阳光下,吹凉爽的晨风,我感觉好惬意。可是一阵后,我窘迫了,恨不得马上挖个地洞钻进去。我注意到前面一幢教学楼,和我们同一层的对面教室,有个男孩正在窗户边探出头来张望。突然就记起,姜洋昨天说了,他和我同校同级,只不过,他在18班,我在1班。我们的教室分属两幢楼,正好遥遥相对,他从窗口就能看见我们班。

我被罚站的事,他看见了？他会不会认为我很差劲呢？会不会嘲笑我？我转身告诉丁铃时,才发现这家伙站着居然都能睡。

心里一片悲凉,我的好事还没开始呢,怎么就能这样匆匆落幕？

5

整个上午,我都无精打采,直怪丁铃为什么要打那么久的电话。

"别对我绷脸,看了讨厌。"丁铃放学时看我还患得患失,对我提出抗议。

我懒得理她,都是她,大半夜的,打什么电话,还没完没了,现在好了,出糗了。

"是我错了,晏女侠,大人不记小人过,下次我再也不敢半夜打电话骚扰你了,原谅我这次的无知行为吧？"丁铃装出一副无辜状。

我真没心情和她斗嘴,想打电话给姜洋,但又不知说什么好,总不能主动告诉他,我被罚站了。

在我犹豫不决时,丁铃又说:"如果他会为这事,就不认你这个老同桌,那就算了,这样的帅哥我们要不起,毕竟我们那么平凡,连班上那些臭小子都不把我们放在眼里。"

想想丁铃说得有道理,我叹着气不再去想他。可是姜洋居然等在了校门口,看见我后,他远远就大声叫:"俞晏子,我在这儿。"惹得很多同学纷纷回过

每一颗心灵都是星星

头来看。可能是看见那么帅的男生居然热情洋溢地招呼一个没入人群就无法分辨的女生吧,男生的目光很不屑,而女生的目光却如一支支利箭射向我,让我不好意思回应他。

"我先走啦,不陪你了。"丁铃知趣地和已经走过来的姜洋打声招呼后就离开了。

我羞答答地不知如何是好,一点侠女的风范都没有。

"干吗脸红呀?"姜洋问。听着他关切的语言,我的心又敲起了鼓。

姜洋边走边说,根本不去注意旁人的目光。我走在他身边,看着这个已经比我高出半头的帅气男生,惊觉成长的魔力。如果不是那部手机让我们相逢,我想,就是在同一个校园里擦肩而过,我也不会想到,他会是我曾经的同桌。

我一定会好好珍惜再次的相遇,珍惜我们之间的友谊。未来会怎样?谁知道呢?那么遥远的事,我不去想。

"似水流年里唯一的名字——俞晏子。"

我会永远记住这条短信的内容。这是一个男生给过我的最高评价,无论如何,我都希望自己能够善待身边的每一个人,珍惜生命中每一份缘,或许哪天,他就会给你意外的惊喜,让平凡的你感动而且彻夜难眠。

很多人让我们觉得就已经硬生生地错过了,可是后来却再次相遇。人生就是这样奇妙。遇见青春里的友谊,真是件幸福的事。

第五辑　歌声里的似水流年

歌声里的似水流年

邢占双

没有音乐，生命是没有价值的。

——尼采

最早关于歌声的记忆要追溯到遥远的童年，那时家里有一台收音机，每天都在那个时间打开收音机，收听儿童节目，"叮叮当，叮叮当，我是小叮当，小喇叭开始广播了。"然后播放一段欢快的乐曲，于是我托腮凝听曹璨叔叔的故事《西游记》。

从小学到初中我都没学过唱歌，因为学校没有音乐老师。只记得有一次我跟二舅学唱《黑三角》主题曲："边疆的泉水清又纯，边疆的歌儿暖人心，清清泉水流不尽，声声赞歌唱亲人。"我天生没有音乐细胞，学得囫囵吞枣，唱得五音不全。但很快这首歌却派上了用场，小学的班主任不教我们了，临别时全班同学推举我说几句话，我红头涨脸地站起来，给老师唱几句歌吧，我只唱了几句，完整的我也唱不下来。同学们热烈地鼓掌，老师夸奖了我，还摸了摸我的头，拍了拍我的肩膀。

读初中时，镇里开运动会，中学的大型团体操表演用的歌是《在希望的田野上》，那阵容庞大，我手持花束，伴着歌声，卖力表演，心情无比豪迈。那段日子乡村的大喇叭也常播放这首歌曲，每当我在乡间放牛或者田间割草时，听到这首歌时，就会跟着哼哼："我们的家乡，在希望的田野上，炊烟在新建的住

每一颗心灵都是星星

房上飘荡,小河在美丽的村庄流淌……"那时就会感觉天特别蓝,草特别绿,生活无比美好,田野中的我,全身充满了希望的力量。

初中毕业,我报考了师范,校长领着我们五人去考术科,在客车上,校长问我准备唱哪首歌,我一时拿不定主意,校长让我唱一遍,我半天唱不出来。校长很不高兴地说,这样的话你还报什么师范,这不耽误事吗?我心想,校长大人啊,你不知道啊,我的目标就是能报的全报,考上哪个算哪个,要不然下一年父亲不供我了。校长最后一句一句教我唱《我的祖国》:"一条大河波浪宽,风吹稻花香两岸。"可是那句"听惯了艄公的号子,看惯了船上的白帆"我怎么也唱不上去,惹得全车的人都瞅我,最后只好改唱《小草》。真得感谢当年校长大人对我的真切关怀和悉心指导。

真正考试的时候,只唱了几句,主考官就说,行了,可以了。没想到命运还真把我安排在了师范,入校后,好长一段时间,班里的同学都称呼我为"小草"。

在师范学校三年,是我亲近音乐最多的时间。这里的歌声不断,音乐教室、琴房、寝室,到处都有歌声。我们每周都学一首歌,班里唱歌大王老车、晓敏、雪冰经常登台教唱。老车的嗓门足,歌声嘹亮,音域宽广,他教唱"我们像双翼的神马,奔驰在草原上,啊哈嘿……"他一教到这儿便忍不住笑了,笑得前仰后合,大家也跟着"啊哈嘿",然后哈哈大笑,老车成了这个班级很受欢迎的男生。晓敏和雪冰的歌唱得更美更俏,尤其是她俩在前面教歌那种风情万种的动作,早已吸引不少男生,她俩成为许多男生暗恋的对象。《黄土高坡》《信天游》《潇洒走一回》《童年》就是和她们学会的。

有一段时间,在校园里随处可见腰里别着个小录音机的青年,录音机里放着新买的磁带,耳朵上塞着耳机,边走路边摇头晃脑的,自以为非常潇洒时髦,其中这样的青年就有我一个。

每个人的青年时代都是一首忧伤的老歌。那个年代,郑智化的《水手》很对心情,元旦晚会上,我曾和朋友三人同唱《水手》,"苦涩的沙,吹痛脸庞的感觉……"感觉那歌词里有写不尽的忧伤和诉不尽的纷纭心情。那次晚会上我

第五辑　歌声里的似水流年

还敢于献丑,唱出了自编自谱的歌,歌词是阿登写的,曲是我配的,"递给你流泪的心,忘却渐渐远去的我,每天夜里,梦中狂歌,为了理想,我要努力去拼搏"。这首歌赢得了热烈的掌声,同寝的哥们儿回去模仿了好多天,后来还成为同学聚会上的笑谈。那青涩而成长的岁月渐行渐远,一首老歌使尘封已久的往事在心灵的一隅悄然复活。

近些年,越来越喜欢那些久远的老歌,那天在电视上听到阿宝唱出"山丹丹花开红艳艳……"我竟然凑到电视跟前,感动得一塌糊涂,听到腾格尔的草原歌曲,我如醉如痴,热泪盈眶。自己都弄不清自己为何那般动情,可能是这些老歌勾起了我对往事的回忆,对一些过往的人和事的牵挂和惦念。

人到中年,忽然捡拾起曾经的梦想,一个人在寻梦的路上踽踽独行。踏雪而行,按响手机里存的歌曲,汪峰的《怒放的生命》很适合我这些年来的心情,"曾经多少次跌倒在路上,曾经多少次折断过翅膀,如今我已不再感到彷徨,我想要超越这平凡的生活,我想要怒放的生命……"苍凉而广阔的旷野啊,能否留下我一行或深或浅的脚印。转念一想,天空不留痕迹,可是鸟儿已经从此飞过。何必对自己要求过高,只要问心无愧就好了。歌曲又到下一首,是刘和刚的《父亲》,父母渐渐老去,陪伴他们的时间越来越少……我手机里保存的都是我喜欢的歌,虽不多,但也足够听满这一程的,十里八里的健身行走因歌声而短暂。

其实,每一首歌都记录着走过的一段岁月,每一首歌都镌刻着一代人的记忆。那些歌承载着我们青涩而又多彩的年华,那些歌飞扬着我们澎湃的青春,那些歌流淌着我们似水的流年。

> 那些年陪伴我们成长的,不光是那些青春里的男生女生,还有那些具有特殊意义的流行歌。那些缓缓流淌的乐曲,成了抚慰心灵最好的药剂。有些歌,渐渐不去听了,可是有些歌,一直留在心里。

那些年,我们一起暗恋过"女特务"

李良旭

那些刻在椅子背后的爱情,会不会像水泥上的花朵,开出没有风的,寂寞的森林。

——郭敬明

"文革"时,我正上中学。那时,人们的文化生活十分单调、乏味,除了几出样板戏,就没有什么文化娱乐生活了,精神上很是枯燥和压抑。

那时,学校组织观看了几部战争题材的故事片。影片中,那些国民党女特务妖艳、妩媚,莺声燕语的媚态,让我们这些青涩男孩子看得如痴如醉,想入非非。

记得那时有一部影片叫《钢铁战士》。影片中,解放军张排长和几个战士被国民党俘虏了。国民党对被俘的解放军战士进行严刑拷打,要他们交代兵工厂的下落。解放军临死不屈,决不叛变。国民党见硬的不行,就来软的。他们派来一个妖艳的国民党女特务,妄图用女色来引诱张排长。

那女特务戴着船形帽,烫着大波浪,一双眼睛眉目传情,一走路,腰身扭来扭去,说起话来娇滴滴的。她用风情万种的姿态和语言来勾引张排长,可是,张排长一身正气,严词拒绝,还把女特务骂得狗血喷头。无奈,女特务只好灰溜溜地躲开了。

影片中,那个女特务在我们男孩子心中成为天下最美的女人。我们私下议论着,那女特务长得可真漂亮,那么漂亮的女特务,张排长都不要,可真傻。

　　班上有一个叫王海的男同学,对那女特务更是想入非非,他在一张纸上写了这么一句话:"我长大了,就找一个像女特务一样的女人当老婆。"

　　这张纸条不知怎的被其他同学看到了,并交给了老师。这下可不得了了,老师汇报到教导处,教导处汇报给校长。全校开大会,对王海的丑恶思想和灵魂进行批判,他成了一个肮脏、丑恶的典型。从此,王海走到哪儿,背后都有人在指指戳戳,甚至传来女同学的讪笑声。就连学校门口卖瓜子的几个老太婆都知道这件事,每当王海从她们小摊前走过,几个老太婆就对他指指点点,说他是个小流氓。

　　王海感到很苦恼,在学校里实在待不下去了,只好退学了。

　　那天离开教室,走到门口,王海突然回过头来,挥起一只拳头,对着全班同学高声地说了句,我以后一定要找一个像女特务一样的女人当老婆!

　　那声音,震耳欲聋,仿佛是从他心底喷发出来的一种呐喊。同学们看到王海的目光里闪烁着一丝晶莹,内心里仿佛溢满了痛楚和委屈。说罢,他一转身,坚定地走了。那背影,有一种昂然挺立的孤傲和不甘。

　　那一刻,全班同学没有发出一丝笑声,仿佛每一个同学心里都被一把铁锤重重地击打了一下。老师站在讲台上,好长时间没缓过神来,过了好一会儿,才听到她轻轻地说了句,我们不要受他的思想影响,现在继续上课。

　　"王海事件"平息了,但在我们每一个人心中,都有一个女特务形象,这种想念,不仅没有熄灭,反而越发强烈。如果谁有一张女特务的剧照,更是让同学们羡慕不已,他的身边总是聚拢着一些人,偷偷传阅着那女特务的剧照,眼睛里放射出兴奋、贪婪的目光。

　　《英雄虎胆》中那个女特务阿兰,更是让同学爱慕不已。阿兰不仅长得漂亮、性感,还会跳伦巴,这是我们从来没有见到过的舞。随着音乐的节奏,阿兰的腰肢、臀部扭来扭去,让人看了如痴如醉。

每一颗心灵都是星星

　　班上有一个女孩子叫晓霞,同学们暗地都说她像女特务阿兰,每当晓霞从同学们身边走过的时候,男同学个个瞪大了眼睛,目不转睛地盯着她看。有一个叫陈强平的男同学,对长得颇像女特务阿兰的女同学晓霞,更是如痴如醉。他说,将来要是找到一个像"女特务"晓霞一样的人当老婆,自己当牛当马都愿意。

　　这件事,不知怎么被晓霞知道了,她哭着报告了老师,说,同学们在背后都说她长得像女特务阿兰。她边说边抽泣着,好像受了天大的委屈。

　　老师在班上严肃地警告同学不要乱说,并为晓霞"平反昭雪",说晓霞长得一点也不像女特务阿兰,她长得像《海岛女民兵》中的海霞,今后谁再说晓霞长得像女特务,就要叫他在全班做深刻检查,并通知家长。

　　自从老师在班上宣布晓霞长得像海霞后,晓霞整个人神气多了,走起路来,胸脯挺得高高的。可是,同学们并不认同,在背后还是悄悄地议论,说她长得的确像女特务阿兰。

　　为了彻底和女特务阿兰的形象告别,晓霞将她那一头乌黑的秀发剪成齐耳短发,还带了一顶黄军帽,这下有了一种英姿飒爽的样子。

　　陈强平看到晓霞这形象,难过得三天没吃下饭,人也瘦了一大截,整天无精打采的,像个霜打的茄子似的,上课也没了精神。他常常叹息道,我身边好不容易发现了个"女特务",这下又不见了!

　　那些年,我们心中都暗恋着一个美丽的女特务,她让我们看到了女性性感、美丽的一面。在那文化生活十分贫乏的年代里,女特务形象,让我们看到了生活中的一丝亮色、一丝明媚、一丝心动。

　　现在,有时重温当年的老电影,看到影片中女特务形象,想起当年我们青涩年龄里,心中暗恋着这一个个女特务,突然有一种想哭的感觉。

> 在青春萌动的年月,我们都是老师和家长眼里的坏孩子,都是异类。可是,那只不过是我们急于想认识这个世界而已。

每一颗心灵都是星星

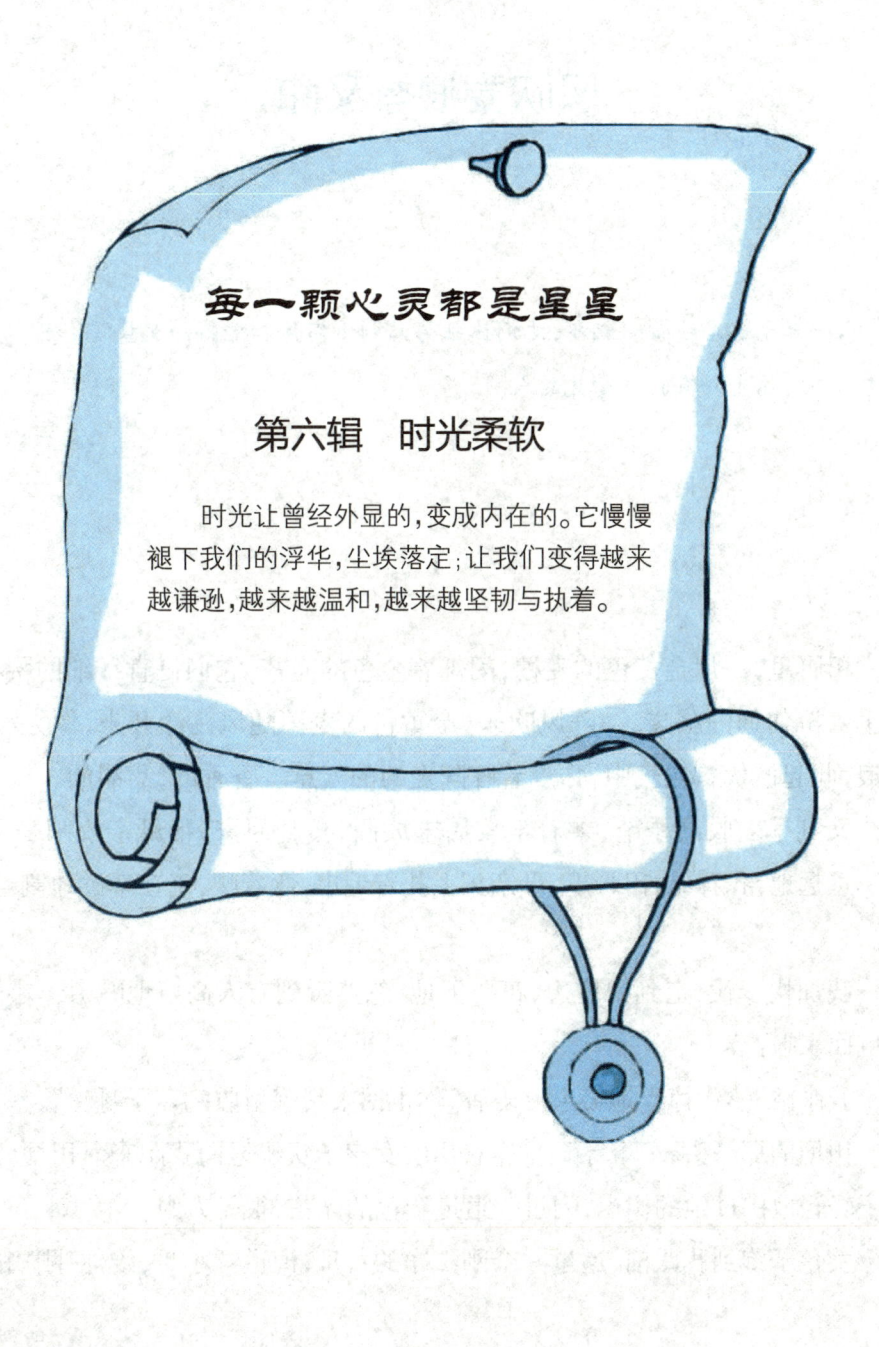

第六辑 时光柔软

时光让曾经外显的,变成内在的。它慢慢褪下我们的浮华,尘埃落定;让我们变得越来越谦逊,越来越温和,越来越坚韧与执着。

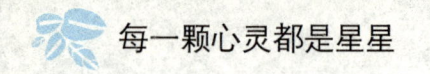

风吹麦浪香又甜

木子

人一辈子也无法心心相印,他们孤独得只剩下肉体和金钱的交换了。所以,请等待那个对你生命有特殊意义的人。

——张爱玲

1

田野里,一片金黄色的麦穗,闪烁着金色的光芒,它们挺直纤细的腰杆,低垂着沉甸甸的脑袋,一阵风吹来,金黄色的麦穗随风荡漾开来,像大海的波浪,此起彼伏。空气中,弥漫着阵阵麦穗的气息。香香的,甜甜的。

又到了麦收的季节,乘着学校周末放假,我赶回家,帮母亲收割麦子。

远远地,我看见,田野里,母亲头上扎着毛巾,弯着腰,正在辛勤地割着麦子。

我加快步伐,走到田埂边,正要下地,忽然听到有人高声地喊道:"小哥,你也回来啦?"

我眼睛一亮,惊喜地笑道:"麦香,你也回来帮家里收割麦子呀!"

田埂的那一头,一个穿碎花连衣裙的女孩子欢快地向我跑来。田埂旁的麦子轻轻地拂过她的裙裾,闪过一道道金色的光芒,很晃人眼。

女孩子跑到我跟前,递过一个刚洗净的黄瓜,说道:"小哥,给你,刚摘的,很新鲜呢。"

我接过黄瓜,放进嘴里,猛地咬了一口,发出脆生生的响声。我边吃,边望着麦香,只见她红润润的脸庞,有细细的汗珠,许是被太阳晒后,显得越发红润;乌黑的辫梢,沾着几根金黄色的草茎,那件碎花连衣裙穿在身上,紧绷绷的,上面映有一片湿漉漉的汗渍。

麦香看到我看她有些发愣的样子,把头一歪,有些俏皮地嗔怪道:"怎么啦?有这样看人家女孩子的吗?"

我猛然一惊,讪笑道:"不,我是想快一学期没见到你了,你长这么高啦,我真的快认不出你了。"

麦香抿嘴一笑道:"是越长越难看了吧?"

不知怎的,我有些心虚地不敢直视她的眼睛,两眼看着远方,说道:"不是的,是越长越漂亮了。"

麦香听了,一下子笑出声来,好一会儿,她才说道:"小哥,你现在变得越来越调皮了。"

我听了,脸一下子红了。

麦香转而又用有些央求的语气说道:"小哥,这次回来,见到你真高兴,我将书本都带回来,我还有不少地方弄不懂,晚上我到你家去,帮我讲讲好吗?"

我瓮声瓮地答道:"好的!"

麦香听了,高兴地又塞给我一根黄瓜,说道:"谢谢小哥,我先去忙啦!"说罢,麦香又顺着田埂向来路跑去。

窄窄的田埂上,麦香欢快地跑着。一会儿,她跳进田里,帮家人将割好的麦子一把把地捆扎起来,然后堆放在一起。金色的麦田里,麦香的身影时隐时现。阳光像瀑布似的泼洒下来,田野里,一片波光粼粼,麦香的身影,被一片波光笼罩着,像是一道流动的光芒。

不知怎的,看着看着,我仿佛被什么东西击打了一下,心里荡漾出一缕柔软。

2

麦香家在离我家不远的地方,她今年上高一,比我低一年级。小时候,每当到了麦收季节,我们就会在田里捡拾大人收割后掉在田里的麦穗。麦香捡得很仔细,一会儿,就捡到一大把。

为了超过她,我在田里不停地跑来跑去,想多捡点。麦香见了,忍俊不禁,"小哥,看你慌里慌张的,好像谁和你抢似的,给你,我捡的麦穗全给你!"麦香说着,将她手里的一把麦穗递了过来。

麦香的大度,让我脸一下子红了。麦香央求道:"小哥,等捡完麦穗,再给我讲几个好听的故事,好吗?"

这小丫头鬼机灵呢,一有机会,就要我讲故事,有时故事讲完了,我就编一些鬼怪故事给她听,她听得花容失色,把耳朵捂起来,可还忍不住叫我继续讲。

看到她欲听不听的样子,我感到很是开心,有种恶作剧的快感。每次听完故事,麦香就会从口袋里掏出一把炒花生给我吃。吃着香喷喷的花生米,我看到麦香两眼看着我,有一种崇拜的神色。我挺了挺腰板,对麦香说:"我肚子里的故事可多啦,你就慢慢听吧,不过,你家花生米炒得真好吃,我就喜欢吃你家炒的花生米。"

"真的呀,那我今后就常常带我娘炒的花生米给你吃。"麦香说着,甜甜地笑了,笑得很明媚,像田野里的麦穗,火红火红的。

我上学了。看着我背着书包从她家门口走过,麦香站在门口,将辫梢咬在嘴里,眼睛里流露出羡慕的神色。我挺了挺胸,脸上满是骄傲的神色。

走过一个小山坡,我回过头来,看到麦香还倚在门边看着我。我心里不禁嘀咕道,这小丫头,要到明年才能上学呢,看把她馋的。

第六辑 时光柔软

放学回家,我坐在门口石碾上做作业,麦香也跑过来看我做作业。她一会儿拿起我的书本放在鼻子下使劲闻,一边说:"这书可真香啊!"

看到她那贪婪的神色,我"扑哧"一下笑出声来,说道:"看你那馋相,别把我书本弄脏了。"

麦香听了,伸了伸舌头,赶紧将书本放到石碾上,然后双手托起腮帮子,聚精会神地看着我做作业。

田野的麦浪随风起伏着,飘来阵阵馨香。香香的,甜甜的。我不经意地抬起头看了看麦香,发现这小丫头眸子又黑又圆,鼻梁高高翘起,嘴唇薄薄的,一丝刘海垂在光洁的脑门上。看着麦香那神情,我心里仿佛被什么东西击打了一下,忍不住地问道:"麦香,你想上学吗?"

麦香说:"想啊,可我岁数还不够,要到明年才能上学,小哥,到时上学,你带上我一道去上学好吗?学校太远了,走山路我还有点怕。"

麦香两眼水汪汪地望着我,那目光里,满是哀求和企盼。看着那目光,我心里一软,挺了挺腰杆,说道:"可以,不过在路上你可要听话,不能乱跑。"

麦香听了,一下子跳了起来,她欢喜地叫道:"小哥,你真好!"说罢,她从口袋里掏出一把炒花生,放到石碾上,说道:"小哥,请你吃炒花生,是我妈才炒的,可香啦!"

田野里,飘来阵阵麦香。香香的,甜甜的。我俩吃着炒花生,空气中,夹着丝丝花生的香喷喷的味道。我看到一根发丝飘到麦香的嘴边,那模样很俏丽。我情不自禁地笑了。

麦香见了,疑惑地问道:"小哥笑什么呢?"

我抬头眺望着层层叠叠的麦浪,用手指了指,说道:"你看那麦浪,多美啊!"

麦香也向远处眺望着,喃喃地说道:"是啊,真的很美啊!"

3

转眼,又到了麦浪飘香的季节,麦香上学了。每天早上,我从麦香家门口走过时,麦香已背好书包在门口等我了。麦香见到我,欢快地跑了过来,伸出小手。我伸出手,握着她的小手。我感到,她把我的手抓得紧紧的,好像一松手,我就会飞了似的。一会儿,我就感到手心里汗渍渍的。

清晨的空气湿漉漉的,麦浪吹拂过来的气息,也是湿漉漉的。走在蜿蜒的乡间小路上,麦香小嘴一刻也不停,不停地向我问这问那。她喜欢组词,她将刚学到的字,组成一个个词汇,我惊叹这小丫头想象力这么丰富,有的词汇我还没有想到,她都已经说出来了。有时,我说出一个新词汇,她高兴地仰起脸,说道:"小哥,你真聪明!"

我听了,骄傲地挺直了腰杆,说道:"我比你早上一年学,当然比你知道得多了。"

麦香听了,眼睛里流露出羡慕的神色。

放学了,麦香早早地来到我班上的外面等着我。看到我从教室里出来,她欢快地跑了过来,伸出手。我伸出手,握着她的小手。我感到她把我的手抓得紧紧的,好像一松手,我就会飞了似的。一会儿,我就感到手心里汗渍渍的。

回到家,麦香又坐在我家门前的石碾上开始做作业。空气里,飘来阵阵麦香。麦香做得很认真。有时,她停下来,咬着铅笔头,几根发丝飘到嘴角,在认真思考着。实在想不出,她就会向我央求道:"小哥,这道题怎么做啊?"

听到我的回答,她就会腼腆地一说道:"小哥,你真聪明!"

听到她的夸奖,我把腰板挺了挺,一脸自豪地回答道:"那当然啦,我比你高一年级了。"

麦香听了,点了点头,脸上露出崇拜的神色。

渐渐地,麦香上学不再让我搀着她的小手了,她只跟在我身后,距离渐渐拉开了,有时有十几米远。我回顾头来,看着她的样子,揶揄地一笑,从心里说出一句:跟屁虫!

不过,每天放学回家后,她还是喜欢到我家门口的石碾上做作业。渐渐地,她问我的问题少了。我用过的书本,她都想借着看,她爱动脑筋,自学能力很强。

麦香学习很好。每次学期结束,她的考试成绩都很好,她还当上了班上的学习委员。她的一篇散文《风吹麦浪的季节》,还刊登在少年作文杂志上,成为我们这所乡村小学的一大新闻。

麦香对我说,她以后想当一名小学老师,要教孩子写作文,将美丽家乡的山山水水都写出来,让城里的人都来看我们美丽的家乡。

麦香望着乡村秀丽的景色,眼睛里充满着憧憬的神色。

我听了,定定地看着她,我第一次感到,这小丫头变成熟了,她有她的思想和想法了。我心里忽然有些崇拜她了。不过,这一想法,我没有说出口。

麦穗又到了成熟的季节。我俩先后考进县重点中学,县中学离家很远,我们成了住校生。两人不再走在上学、放学的路上,只有每年放暑假、寒假的时候,才能见到面。

屋前的那块石碾上,显得空荡荡的。有时望着屋前的石碾,心里不免有些怅然。恍惚间,我和麦香在石碾上做作业的情景,又在眼前浮现,眼前渐渐变得朦胧起来……

4

风吹着麦浪,一年又一年。转眼,高考结束了,我考取了南方一所重点大学,我成为我们这个小山村第一个考取重点大学的大学生。

我打点行装,走在麦浪翻滚的田埂上,去大学报到。

每一颗心灵都是星星

忽然,我看到麦香正站在田埂的那一头,向我这边张望。看到我走了过来,麦香挥舞着手臂,兴奋地向我跑来。

一会儿,麦香就跑到我的跟前。麦香还是穿着那件碎花连衣裙,或许是因为激动,麦香胸口在剧烈地起伏着,脸庞红润润的。她一把接过我手里的行李,说道:"我送你到车站。"

田野里,金黄的麦穗一眼望不到尽头。空气中,夹着麦香的气息。香香的,甜甜的。田埂边的麦穗,不时轻轻拂过我的腿,痒酥酥的。好像麦穗伸出纤细的手臂,要深情地挽留我。

麦香终于打破沉默,说道:"到了大学,别忘了给我写信,把你在那边的生活学习、生活情况告诉我。"

我笑道:"还有一年,你也要参加高考了,祝你心想事成!"

麦香眺望着田野里一望无际的麦穗,一丝刘海拂过她的额前,她的目光变得有些深邃。她说:"那是我的梦想和向往,梦里多少次,我和你一样,也考上了大学。"

我鼓励道:"你学习功底很扎实,一定能考上的。"

麦香忽然兴奋地说道:"如果我考上了,将来我还要回到我们这个小山村,我想在这里开办一所民办小学校,这里的孩子上学太不方便了,每天上学、放学要走很远的路,还要翻越几个山头。如果这里能建一所小学校,那将会给孩子带来多大的方便啊!"

我听了,心里微微一震,不禁抬起头来看着麦香,那一刻,我感到麦香既熟悉又陌生。我脸有些发烫,喃喃地说道:"你想得很好,我感到你很了不起,我就没有想到这一点。"

麦香突然问道:"你大学毕业后,将来到哪里去呢?"

"将来?"我听了,茫然一笑道,"将来还很遥远呢,我只想把学上完,等将来再看命运安排吧!"

麦香听了,脸上闪现出一丝淡淡的忧愁,这忧愁,在她清秀的脸庞上,显得有着一种别样的美丽。

天空中,飞来一行白鹭。它们在麦田上方不停地盘旋着,一会儿,有的白鹭停在麦田里,有的继续飞走了。麦香用手指了指天空中飞过的白鹭,目光中闪过一丝晶莹,她说道:"你看那些白鹭,它们飞过这片麦田,有的非常留恋这里,它们留下来了;有的盘旋了一下,然后又向远处飞走了。"

我说:"是呀,你观察生活总是这么细致。"

……

一年过去了,又到了风吹麦浪的季节。我收到了麦香给我的来信,麦香说,她也考取了我这所大学,她很快就能见到我了。麦香还说,乡里十分支持她办所民办小学的想法,校址也选好了。大学毕业后,她就回去当老师,让村里适龄儿童都能就近上学,不再像我们曾经那样翻山越岭地去上学了……

我终于给麦香回了一封信,信中告诉她,我也想好了,大学毕业后,我也要回到我们的小乡村,和你一起,把那所小学校办得蒸蒸日上,红红火火的……

经过好些事情,我们才会懂得这世界有一个人跟你志趣相同,然后陪你一起做事,该是一件多么幸运的事。

每一颗心灵都是星星

时光柔软

范泽木

流光容易把人抛,红了樱桃,绿了芭蕉。

——蒋捷

时光是单行的列车,上了这车,便永不能回头。

在刚出发的时间里,我们总是欢欣雀跃,一路欢喜。这大概如我们坐车去春游,途中总是特别激动。

时光赐予我们少年时的不羁。那时,我们浑身有使不完的劲。在操场上飞奔,在赛场上驰骋。有张扬的个性和挥洒的激情。

那是一个感性大于理性的年月。我们可以因为梦想而奋不顾身,可以因为一时脑热说收手就收手,也可以因为所谓爱情而哭天喊地。

18岁那年,朋友小A借了叔叔的摩托车。我们在宽阔的操场练了一下午后,觉得得心应手,于是载着同学在公路上飞驰。我后座的同学不时惊叫,还吹着响亮的口哨。由于我们的张扬跋扈,我们的第一次骑行以人仰车翻宣告结束。

的确,时间确实如此,让我们去欢笑,也让我们去思考,然后我们在时光里慢慢变得胆小。从那之后,我们再也不敢放肆地骑车。

前段时间,在闹市看到几位血气方刚的少年,骑着电瓶车横冲直撞。现在的电瓶车动力够好,载了三四个人还是身轻如燕。看他们摇摇晃晃地绝尘而去,恍然看到多年前的自己。也是这般年纪,也是如此放荡不羁。如今却陡然后怕,殊不知,如果父母看到那时的自己会担心成什么样。

如今愈来愈能站在父母的角度去看问题,所以多年前的嗤之以鼻,总能变为现今的不令而行。以前,父母对我三令五申,比如要穿暖,夏天睡觉要盖住肚脐,但我总是我行我素。如今我反而经常给他们打电话,要穿暖,要记得带雨伞。

在时光的河流里,每个人都是石头,慢慢被磨去棱角,渐渐变得温润。有人说这是失去个性,变得中庸。事实上个性并不是玩世不恭、锋芒毕露,而是内在的执着与张力,是坚毅与坚韧。能被时光轻易带走的,往往不是真个性。

时光让曾经外显的,变成内在的。它慢慢褪下我们的浮华,尘埃落定;让我们变得越来越谦逊,越来越温和,越来越坚韧与执着。

多年前,我写过一篇文章,叫《成长是一个妥协的过程》。但事实上,时光给我们的不是妥协,而是让我们成为越来越好的自己。

> 时光带给我们什么呢,伤痛、惊喜、失落、收获。其实都无所谓,因为这些到最后都会令自己成长。

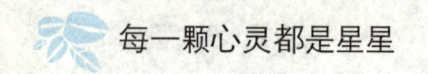

在心里种下一首歌

顾晓蕊

每一个孩子的诗情画意都能得到人们的欣赏鼓励,从而获得健康的成长,那么,世界将成为一个富于诗情画意的世界。

——殷庆功

那是一个秋天的黄昏,斜阳渐落,红霞染红了天边。我和家人一起吃晚饭,偶一抬头,见窗外冒出两张粉脸。再一看是阿美和小胖,挤眉弄眼地朝我招手,我会意地冲他们点点头。

妈妈在一旁说道:"别着急,多吃点饭。"我心里跟猫挠似的,胡乱扒拉了几口,就站起来说:"吃饱了,我要出去玩了。"话音刚落,人已跑远。

不一会儿,院里的小伙伴陆续聚拢过来。我们开始跳方格、捉迷藏,玩累了,阿美提议说:"咱们来开演唱会吧。"大家一致举手赞成,靠墙的一块青石板,成了临时舞台。

阿美清了清嗓子,唱了一首《蜗牛和黄鹂鸟》,清亮的童音传进耳畔,引来我们的阵阵掌声。轮到我上场了,学着歌星的样子先鞠了个躬,然后故作陶醉地唱道:"我爱你,塞北的雪……"

"哈哈哈……"二胖妈不知何时走过来,双手掐腰,笑得花枝乱颤,"这一嗓子号的,吓了我一大跳,简直比哭还难听。"她是位大嗓门的东北女人,边笑边夸张地比画着。我羞得满脸通红,扭身跑回家中,趴在床上抽泣起来。

那年我10岁,正是敏感而脆弱的年纪,被一句无意的嘲笑淋湿了心空。我将墙上的明星海报撕掉,缺少了歌声的陪伴,感觉生活变得单调了许多。

读高中时,学校举办"庆元旦"文艺会演,老师要求全班同学排练大合唱。回想起难堪的童年往事,我灵机一动,想到个好主意。站在队伍中,跟着低声附和,没想到,很快被老师识破了。

"你——站出来,单独唱一遍。"老师用手一指,厉声说道。当时我的脑子一片空白,木木地走到前面。刚唱了几句,老师摆了摆手说道:"我看还是算了吧,你就对对口形,千万别唱出声来。"

全班哄堂大笑,笑得乱成一团,难过与羞愤交杂在一起,我恨不得找个地缝钻进去。

我变得越加孤僻内向,正是从那时起,喜欢上了阅读。我独自坐在花树下,捧着一本书,安静地看着。青春如悠长又寂寥的雨巷,而我,仿佛是那个丁香一样的结着愁怨的姑娘。

刚参加工作那几年,每逢闲暇时,同事们三五一群地闲侃,或去唱歌跳舞。我依旧一杯茶,一本书,静静地打发时间。后来,我尝试着写作,渐渐地文字不断出现在报刊上。

有一年夏天,我去海滨小城参加笔会,晚饭后,我和美女作家茉莉沿着海边漫步。月光洒在银色的沙滩上,海面上波光潋滟,一切如梦又如幻,恍若置身仙境。

茉莉说:"这么好的美景,咱们来唱歌吧。"我不好意思地说:"我唱歌很难听的。"然后,我跟她讲了因唱歌闹笑话的尴尬往事,她微笑着说:"其实,不用太在意。不管是快乐时光,还是悲伤瞬间,歌声都是最好的陪伴。"

那天晚上,我们并肩坐在沙滩上,轻轻地唱着歌。那些从心底淌出的音符,有一种让人安定的力量,仿佛置身另一个世界,感到从未有过的轻松和愉悦。

每一颗心灵都是星星

她说:"在人生的舞台上,你永远都是自己最好的听众。"我听了,惊住,一时感慨不已。只因别人的几句嘲笑,我的生活被罩上一层阴影,现在回头去看,才发现过去的想法是多么荒唐可笑。

从笔会回来以后,我们偶尔会在网上聊天,她说最近迷上黄梅戏了。我告诉她,我报了个古筝班,闲时写文章,弹古筝。她在那边欢呼道,可以想象你弹古筝的样子,肯定会很优雅的。

再后来,有一天,我应邀到一所中学做文学讲座。这要放在以前,是想都不敢想的事。

因为在人多的地方讲话,我会脸红紧张,手足无措。可这一回,我鼓起勇气,欣然前往。当台下响起热烈的掌声时,我起身鞠躬致谢。

想起曾经看过的一句话:"你学过的每一样东西,你遭受的每一次苦难,都会在你一生中的某个时候派上用场。"如此说来,那些嘲笑过你的人,那些忽视过你的人,也是生命中的"另类贵人"。

而今,在月光如水的夜晚,我喜欢听听音乐,喝茶看书。不抱怨,不张扬,像一株植物一样,安静地活着。有朋友说,你变得更明媚了,有着动人的芬芳。只有我自己知道在心里种下一首歌,是件多么美好的事。

曾经我都是孱弱的,就像失落的小猫,见到陌生的环境,遇到陌生的环境,就害羞、紧张得不行了。后来,慢慢才有了勇气有了自信,因为遇到了鼓励自己的人。

第六辑 时光柔软

千纸鹤的海

落辕

谁是谁生命中的过客,谁是谁生命的转轮,前世的尘,今世的风,无穷无尽的哀伤的精魂。

——佚名

我曾想,她是一片海,可我不曾想,她究竟是哪片海洋。

——题记

她生在海的边上,别人都叫她海的女儿。清澈如海的双眸,轻柔的长发在海风中飘扬,清秀的脸庞,总挂着如大海般恬静的微笑。

他在海边看到了她折的纸鹤,满满一片沙滩,为金黄装点上五彩的斑点,就像是第一次拿上画笔的小孩将夜空染得斑斓。当然,现在是白天。

她穿着白色的百褶裙,赤脚走在沙滩上,乌黑的头发在海风里随着波浪起伏。他那时是这样形容的:"像是大海中的公主。"

从此,她在他心里,便是一片海,微波荡漾,和风拂面的一片海。他想自己是喜欢上她了,由衷地喜欢。

每天,他都折好两只千纸鹤放在那女孩会出现的沙滩上,用手指在两只千纸鹤的中间写着"我爱你",外面画上一个大大的桃心,电影式浪漫。但那女孩从未在意这些,甚至有一次从千纸鹤上踩过,然后"哎呀"一声跳到一旁。

每一颗心灵都是星星

直到他捧着一大把千纸鹤站在那桃心里守候,但她依然如什么也没有看见,微笑着从他身旁走过。他垂着头跟上:"嗨,送给你。"那女孩闻声转过头,眼神不知看向哪里:"什么?"那一刻他才知道,原来她是一个盲人,一位什么也看不见的美丽女孩。他暗骂着:"老天真不公平。"

那天他陪她在海边坐了好久,她对他说,他是她第一个朋友,因为看不见的缘故,所以她从来就是来听听海风。他陪她说了很久的话,但还是将"我爱你"压在了心里。

渐渐多的交往使他和她熟悉,渐渐多的了解使她和大海陌生。他没有问她太多,她也没有告诉他太多,似乎两人之间有说不出的芥蒂,有说不出的隐瞒。

最终他还是对她说了,那是一天的黄昏,大海变得和沙滩一个颜色,金黄一片,无比浪漫。"对不起"回应他的是冰冷的落日和刺骨的海风。

那天的夜很静,他静静地躺在沙滩上望着天空,远处它和大海交汇,泛起的波光也似满天星辰,华美至极。他静静地躺着,直到听到身后窸窸窣窣,那是她的脚步声。他起身,看到仍只穿着那件单薄的百褶裙的她,便脱下自己的外套,披在她身上。她的身体微微一颤,他也感觉到了。"这么晚了怎么又出来了,小心着凉。"他温柔如泉水的声音在她耳旁响起。"我猜你还没走,就来了。"

他无声。

"想知道原因吗?"

"你说吧,我想知道。"

"我脑癌晚期,眼睛也是因为这个才看不见的。和你在一起的日子很开心,但我不想拖累你。如果可以的话,能不能别走,陪陪我,我想在死亡之前全是美好。"她眼里涌出一点海水,像星辰般晶莹。

他伸手拭去她脸颊那一点蔚蓝色的液体,"没问题,我一定陪着你,永

第六辑　时光柔软

远。"他拥她入怀。

当月亮暗下去,她走了,他归去,彼此没有留恋地回头。

而天虽然亮了,她却再也没有出现过。他却天天坐在海边,折下一个个千纸鹤,对它耳语一阵,便放在沙滩边,任海浪将它们带向远方,从未间断。

他说:"你可知道,你是我心中的整片海洋?"

> 每个人都有一个深爱的人,有些在一起了,很幸福。而有些,却怎么也不会在一起。爱情就是这样令人黯然伤神,只能这样!

每一颗心灵都是星星

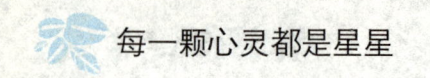

那年·那人·那些事

黄志明

> 世事岂能两全,我们的一生中,得到的同时也总在失去,幸与不幸的区别只在于得失之间孰重孰轻。
>
> ——陈奕迅

小学记忆的老先生

他是位老先生,教了很多年书。不过我当时并不喜欢他,因为他教学方式陈旧乏味。但就是这位老先生,让我的小学充满不一样的色彩。

或许是班里大多数男生都较为桀骜不驯,内向的我显得与众不同,自然也得到他的喜爱。依稀记得小学的时候很受他的偏爱和照顾,于是小学的我过得还算风光。

毕业后有几年了,这么长的时间,多少小学老师都忘记了他们曾经的学生。可是,他还记得我。

但出乎意料的是,他不仅知道我的近况,甚至连我最近考砸了的事也知道得一清二楚!多年来不曾交流,可他却一直从其他人口中关注我的消息,默默地关心着我。

那一刻,我真的被这个曾经不太喜欢的老先生感动了。

渐行渐远的小学同桌

他是我的小学同桌，曾经喜欢欺负我，在我看来"无恶不作"的人，至今再次相遇，却仍然怀念小学同桌时的日子。

遇见他，很是欣喜。他聊起了那段往事：初一因为旷课要被打手心而退学。后来就去了工厂当学徒，外边开着空调，里面的机房却被隔绝，没有冷气，没有风扇，在里面犹如"洗桑拿"。他刚从西安回来，在那儿做了两个月的生意，他所工作的那个黑市场，还曾被下达了查处令……他还聊到他的朋友，他曾以为那些讲义气的兄弟，友谊应该很牢固，可他们反目成仇，最后分道扬镳……他说了好多好多。让我不断猜想着他与我截然不同的生活。

他的家庭背景造就他与众不同的性格。他有些桀骜不驯，有些狂野。在家里，他是奶奶的心肝宝贝，他也会害怕他的爸爸。他的工资，会如数交给父亲。或许单亲家庭，让他感受到了父亲的辛苦，他常常会牵挂他的家。

早早离开学校的他，经历过许多我未经历过的事，让我很羡慕。他却说羡慕我能继续留在学校念书。我们好像有说不完的话，不知不觉已过了两个小时。

遇见他们，纯属偶然，却勾起我温馨的记忆。如今渐行渐远的人们，不知何时才能再见上一面。也许多年以后，我们还会相遇，那时候的我们，会是什么样的角色？老先生，应该退休了吧；他，或许是成功的商人了吧；而我，应该也可以如愿考上大学，继续我的学业吧！

年年岁岁花相似，岁岁年年人不同。但我希望，岁岁年年同此味，我们依旧不变的，是那些记忆……

曾经的那些人那些事，都渐渐离自己越来越远了，可是那份感情，以及那份特殊的记忆却一直深深地留在了心里。

每一颗心灵都是星星

怀念初恋时光

王维新

难离难舍想抱紧些,茫茫人生好像荒野。

——陈奕迅《单车》

我从乡下的老家回到城里。拂去一身尘土,习惯性地打开电脑,意外地发现你在我的邮箱里发来了一份电子邮件。我不明白你是怎样获悉我的邮箱地址的。过去我们曾经是朋友,有过那么一段交往,随着岁月的变迁,我们分别已经十多年了。原以为我们之间再也不会有什么联系了。

我永远不会忘记我和你第一次见面的情景。那是一个北风呼啸的季节,在经二路西段那栋楼房的三楼会议室里,许多本来不相识的文学爱好者,接到通知聚到一起来了。你穿着一件白底蓝圆点的棉袄,围着豆沙色的拉毛围巾,当你解下口罩的时候,我看见了一双黑葡萄似的大眼睛。你搓着手,朝着大家笑一笑,就坐到了墙角的凳子上。主持人将你拉到前面来坐在会议桌旁,向大家介绍说,你叫舒琴,在《延河》杂志和《北方文学》上发表过短篇小说。这些文学的痴迷者们,立刻向你投来崇敬的目光。原来,我们同在一个小县,只是互不相识而已。

我知道了你坎坷的身世,你是羊头庙村一名插队知青,由于你表现好,被推荐到高崖供销合作社当了营业员,后来当了供销社副主任。

我一生最不自在的是那次和你一起吃饭。我记得那是一个星期天,我去生产资料公司送电报,也是一个冬季。我在院子与人说话,你打开门出来了,等别人走了,你笑着说,千阳地方斜,端起什么什么来,你没有说全那几个字眼,你知道那是骂人的话。你说正准备去找我,今天休假,咱们一块包饺子吃。我愣了一会儿,不知如何回答,你说:"你先去送电报,我去买东西,送完以后你过来。"我推着自行车出去了。我当时拿不定主意,一个单身姑娘和一个单身男子在一块吃饭好不好,会不会给你带来什么不利的影响。如果不去,你感到扫兴也不好。最终我还是去了。我觉得在人家那里去吃饭,空着手也不好意思,就把我姑父拿来的挂面带了五把。你的房子在一间坐北朝南的平房里,是一个长条形的屋子,里面生着蜂窝煤炉子。

我后来想起早先的事情,便有些后悔和不甘心。也许,我们没有那个缘分。我记得此后不久,你便当上了县革委会副主任,成了全县赫赫有名的县级女性领导。我再次看见你时,你不是坐在主席台上,就是走在游行队伍的前面。你穿着一件黄军衣,扎着两个小辫,脚上穿着一双黄胶鞋,没有穿袜子。这时候的你成了一个公众形象,新闻人物,少女的那种羞涩之美荡然无存了。我在公开的场合躲开你,我给任何人都没有说我们从前认识和交往过。奇怪的是,有一天,父亲从老家来到了县城,他说政工组的一位老同事要将你给我介绍对象,我尴尬地笑了笑,我说:"爸,我的事情你不要操心,人家舒琴现在是领导，怎么能和咱这样的小职员成亲呢。"我想我自己是有自知之明的。我来自农村，和城里来的知识青年是不同的，婚姻在某种程度上还是要讲门当户对的。

后来我发现，原来人们议论你的做官之道，到后来猜测你的对象，甚至关心你的个人生活。特别是你已经30多岁了还没有结婚的时候，议论和猜测就更多。那一次，一个熟人结婚，我去恭贺，被安排和你坐在了一桌。当有人笑着问你什么时候喝你的喜酒时，我发现你的脸上掠过一丝难堪和痛苦的神情，你借故离开了酒桌到院子去了。那几个人就议论说，其实，你对婚姻的要求不是很高，对方只要人品好就行，可是，别人不这样看。他们说，男人找媳妇是为了在一起生活，互相照顾，而你是领导，一般的男人不敢高攀。他们觉得女人的政治地位过高，对男人的心理上是一种无形的压力，收入高的女人在收入低的丈夫面前趾高气扬，男人就觉得很没有面子。

我知道你后来调走的真正原因，还是个人婚姻问题。在古城西安，你找到了一个读博士的大龄青年，你请假跟他去美国休斯顿陪读，他和你同居却没有结婚。三年后，你还是跟他分手了。回到国内，你住在咸阳长虹厂你父亲那里，足不出户，这些我都是知道的。你父亲的战友在新疆给你介绍了一个副团职干部，他年龄自然大一些，妻子病故了。听说你们结婚后，他

第六辑 时光柔软

的那一大帮儿女对你不好,并不承认你这个继母,他们恨你,好像你是冲着他父亲的存款而来的。一个母亲是不能被子女欺侮的,你和丈夫离开乌鲁木齐,来到了西安定居。

我没有想到那一次王龙组织老三界知青返乡探亲你也来了。那时候,我在政府办当主任,我陪着你们来到羊头庙,看到你激动的神情,我不由得流下了热泪。你站在那间就要倒塌的破房子面前,让我给你拍了照片。你走进那个残疾人的家里,把带来的衣物送给他们。你在村头的土桥上拉住老队长粗糙的手,把200元塞进了他的口袋。老队长摸着眼睛说:"那些年,让你们受罪了,我脾气不好,经常骂你们……"你说你在农村这六年是一生最难忘怀的日子,艰苦的生活环境让你成熟了,也让你学到了许多书本上学不到的东西。我看得出你对乡亲们的感情那样深厚,那样真挚,我在心里思忖,你到底还是一个好人。

我看到刊物上介绍说,你离开了现职岗位,你把多年放弃的文学创作又拾起来了。经过了几十年的风雨漂泊,你对人生的体验自然会更加深刻,你一定会写出传世之作的,我拭目以待。有人说,文学是遗憾的艺术,作家对自己以前的作品总是有不十分满意的地方。人生也是一样,几十年一个轮回,是一次遗憾的旅行。时光不能倒流,也许,是我自作多情,请你千万不要恨我。我没有和你在一起的那种造化,那种福分,我只能过我们平民百姓的生活。但是,我这一生引以为自豪和安慰的是,有你这样一个境界高雅的好朋友。好在我们把文学作为自己的精神寄托,好在互联网给我们提供了这样放眼世界的平台。我们见了面你会认不出我来,大山的风霜已经刷新了我的面容,染白了我的头发,唯一没有改变的是我对生活的那种热爱,对文学的那种执着。我想你不会笑话我的幼稚吧。

岁月的更替,时光的流失,使我们感受到了沧桑的洗礼,我们不再朝朝暮暮,我们的友情依然厚重如常,我们的感情像溪水一样纯洁,像春花一样

每一颗心灵都是星星

芬芳。

　　望着镜子里已然苍老的面容,抚摸飘散白发,越发怀念过去那种清纯和友善。我希望你也在晚霞的余晖里享受人生的恬静和安逸,不被红尘所烦扰。就像唐代诗人段成式《闲中好》词所描绘的那样:"闲中好,尘务不萦心,对坐当窗木,看移三面阴。"

　　我们一起变老,我们一起享受幸福。

　　恐怕每个人心里都有自己惦念的人,虽然不联系,却始终关注着他的一举一动。在偶尔的时候,会特别怀念那段已经流失的岁月。就这样吧,愿世界温柔待你。

第六辑　时光柔软

高山流水觅知音

林振宇

世有伯乐而后有千里马,千里马常有而伯乐不常有。

——韩愈

高山流水觅知音的故事流传千载,已深深地烙在中国人的心底,成为我们民族心里的一种情结。如今回想起来,依然让人拨动心弦,为之神往,并强烈地渴望在千万人中能够遇到自己的知音,获得那份令人羡慕的高尚、圣洁而又深厚的友谊。

那是两千多年前春秋战国时期的一个中秋之夜,著名琴师俞伯牙在回乡途中碰巧遇到一位叫钟子期的砍柴人,两人便闲聊起来。起初,伯牙心想,一个砍柴的如何会欣赏音乐呢?可是,只聊了几句,他就惊奇地发现眼前这位砍柴人说起琴理来头头是道,似乎很内行,这很出乎伯牙的意料,他高兴地把子期邀上船,还给他弹琴,让他听听,看能否知其心意。当伯牙弹到描写高山的曲调时,就听到子期在旁边说:"好啊,巍峨高耸像泰山!"当弹到描写流水的曲调时,又听到子期说:"好啊,汪洋奔放像江河!"这让伯牙喜出望外,因为他终于遇到了知音!

此时此刻,我仿佛看到伯牙遇到知音时自然流露出来的那种兴奋和激动的神情,似乎眼里还噙着泪水,我的身心不由得颤动起来,就像与伯牙感同身受一般。

此时此刻,我联想起在我的人生经历中,固然有许多所谓的朋友,但是否也曾遇到过知音呢?我不由想起一个人,一个令我敬仰却已经病逝的优秀诗人、作家李耀先老人,我亲切地尊称他为耀先老师。我觉得只有他才了解我的心思,读懂我写的书,也只有他才能让我体验到伯牙遇到知音子期时才有的那种感觉。于是,我的思绪回到了几年前,回到我与耀先老师交往的那段令人难忘的日子。

那时,我刚进而立之年,准备把我多年在报刊上公开发表的近百篇散文作品集成册子,交给北京的一家出版社出版,但此书还差一篇"序"没找到合适的人来写,因此成了我的一块心病。在我接触的作家群中,不乏名家,但因种种考虑,我觉得还是耀先老师为书作序比较合适。

说起李耀先,他是伊春市著名的诗人、作家,也是一名资深的老编辑,只因一次突发的脑梗死而身患半身不遂,使他不得不从伊春日报社文艺副刊部主任的职位上退下来。在他30多年的编辑生涯中,甘做人梯,扶持了一大批文学新人走上文坛。而他的诗文采斑斓、动人心扉,更是让人称颂。

记得我初识耀先老师时,他左侧身子已经瘫痪,靠单拐走路也是颤颤巍巍的,日常起居得靠老伴李瑞娴照料,尽管这样,但耀先老师每天仍然坚持读书、写作。有一次,我偶然看见他年轻时的一张照片,那时的他身材魁梧,意气风发,相形之下,现在的他身衰骨瘦,像风中的残烛,不免让人心生怜惜。

此后,我几次去他的家中与他促膝交谈,甚为投机。我们谈诗论文,谈古论今,也谈我们各自的人生际遇和感悟,成了忘年交。他又像慈父一样关心我的生活和工作,并鼓励我坚持写作。

平日里,耀先老师用超乎常人的意志与病魔抗争,并且笔耕不辍,又因他为人豪爽,儒雅好客,家中常有文友来访。不仅如此,凡有求他写东西的文友,耀先老师也尽其所能相帮。尽管如此,为了书序我还是不得不怀着忐忑的心情贸然敲开了耀先老师的家门。

第六辑 时光柔软

当耀先老师知道我的来意后，先对我出书的想法表示赞同，但对写序一事显得有些意外，没有轻易许诺，而是问我，大凡写序都找名家，为何执意要找他呢？我就实话实说："我读过您为不少作者写的书序，不仅文采斐然，使书大为增色，还挖掘出了这些书应有的价值。我之所以找您写序，就是相信您能懂我的书！"见我态度恳切，又这般信任他，索性就答应了。

半个多月的时间在我的期待中显得有些漫长。也不知道耀先老师写得怎样了，我寻思着。那是我下夜班的早上，我顾不得身体上的疲劳，乘上客车，大约一个钟头后，来到了这座素有"林都"美誉的小城伊春，再次走进耀先老师的家。

也是在那间书房兼卧室的小屋，在那张铁红色的书桌旁，耀先老师亲切地和我攀谈起来。"你来得正好，"耀先老师说，"这几日就想和你碰碰书稿的事儿，是不是等着急了？"我笑着说："好饭不怕晚，心急吃不了热豆腐嘛，不急的。"他接着说，"这么厚的书稿得看一阵子呢，抽空我就看看，每一篇我都写点儿感想，"他说着就随手从书桌上拿来一沓稿纸给我看，我见那上面布满了用红墨水笔写的密密麻麻的文字，字迹娟秀，语颇隽永，印象很深。这时候，耀先老师又对我说："振宇呀，书序我已经写了一部分，标题就是《只为一飞冲天起，痴心求索吹狂沙》，你把手里那个本子给我，我从头给你念一遍，你听听行不行。"耀先老师就当着我的面朗读起来。

"……林振宇的这些作品，都是在生活的长街上摄取不被人关注的甚至是被人抛在生活角落里的废弃物，当然没有琳琅满目的奇妙景观和怪闻奇趣或惊魂动魄的环生险象，也没有光怪陆离的花花世界或灯红酒绿的奢华骄逸，全是那种对生活底层的人与事的慎思与微言，他看中的是社会细胞，他选择的是春草萌发的瞬间和曝光初照的闪光时分，然而，真正最辉煌、最明丽的时刻并不属于他思索的范畴，这是他特定的环境和他的低调背景所决定的。他的心底世界一直涌动着极强烈并且极具冲击力的生命暗流，这暗流是地热

每一颗心灵都是星星

（地下深处涌动的如岩浆一样的热流）形成的,是火山运动喷薄欲发的前兆。他多么想冲出世俗偏见的陈腐樊篱,闪亮在海面上啊!林振宇以思想者的头颅高悬起生命的帆樯,这是人格的魅力,这是哲学理念的坚挺!他坚信有思想的生命才是世界的存在……"

或许是我听得入迷了,当耀先老师把这部分序读完了,他的声音仿佛还在我的耳畔萦绕。我兴奋极了,因为我终于找到了知音!当时的神情就像古时候的伯牙遇到子期时那样,这种感受让我难以忘怀,至今回想起来依然那么强烈,怦然心动。

> 知音难觅。今生若是有幸遇到懂得自己的那个人,也是一件无比幸福的事情。

第六辑　时光柔软

"假小子"洪飞扬

阿杜

海内存知己，天涯若比邻。

——王勃

1

提到洪飞扬，我的脑海中马上就会浮现出一张帅气无敌的面孔，还有让大家羡慕的傲人身高。我们亲昵地叫她："扬扬！"

男生常与洪飞扬称兄道弟，开口闭口："我们飞哥。"

洪飞扬是如假包换的大小姐，只是她185cm的净身高，不拘小节的性格，再加上有点粗犷的嗓音和极短的头发，任谁第一眼看见她都以为是个十足的帅小子。

就连我们老班主任，第一次点名时，都曾当众问洪飞扬："你？到底是不是洪飞扬？不是女的吗？怎么跑出一个男的来了？"

在众人善意的笑声中，洪飞扬站起来说："老师，现在不是流行'中性美'吗？"

老师一时反应不及，支吾地说："是，是，现在流行中性美！"

2

我们班的同学都喜欢洪飞扬,她很豪爽,举手投足间充满了"帅"劲。

班花白如玉说:"扬扬把那些男生全比下去了。她才是真正的'帅锅'。"

男生听了也不生气,洪飞扬是谁呀?她可不是一般人。

有一次年级篮球赛,在最后争夺冠亚军时,队长脚受伤,比赛迫在眉睫。最后是洪飞扬救了场。她是业余体校女子篮球队的队长,很有经验。

洪飞扬出马,带领我们班的男生与六班的同学比赛。她巧妙地配合同学,拦截抢球、三分投篮,赢得阵阵掌声。刚开始没人发现,男生篮球赛居然混进了一个女生。一直到快结束时,六班的一个男生才突然发觉不对:"男生打比赛,怎么让女生上场?"

场面顿时混乱起来,双方争执不下时,白如玉走向前,亲昵地挽着洪飞扬的手说:"我们班女生都比你们男生厉害,还好意思瞎嚷嚷。"

洪飞扬满头大汗,她粗声粗气地对裁判说:"你暂时把我当成男生不就得了,我不像男生吗?"

围观的同学笑声一片,都在支持洪飞扬。一个女生能够在篮球场上战胜男生,这本来就值得喝彩。有个男生还说:"飞哥出马,一个顶俩!"

3

白如玉"早恋"的消息在校园里传得如火如荼时,她还闷在鼓里。

"我早恋了?我和谁恋呀?"白如玉喃喃自语,很气愤别人造谣。

"别人说你和一个高高的帅哥在江滨公园花前月下。"一个女生说。

"高高的帅哥?我哪有帅哥呀?对了,他们说是在江滨公园?"白如玉问。

这时,洪飞扬跟几个男生说说笑笑地走进教室。看见洪飞扬,白如玉想起了一件事,她气呼呼地叫:"洪飞扬,你过来。"

第六辑 时光柔软

"怎么啦？谁招惹我们的大美人了？我帮你去教训他。"洪飞扬乐呵呵地说，她根本没想到，事情居然是由她引起的。

待听了白如玉的话后，洪飞扬涨红脸，挠着头，不好意思地说："原来是我给你带来了困扰呀？真是对不住了。"

围观的男生开始起哄。洪飞扬说："闹什么呀？是好兄弟的话，大家帮忙一起想想办法，如何澄清这事，还如玉的清白。"

"不用澄清啦，哪天你穿上裙子再陪着白如玉去江滨公园逛逛，大家不就一目了然了。"有男生建议。

"穿裙子？让我穿裙子？"洪飞扬挠着自己极短的头发激动地大叫，她最反感的就是穿裙子，那样子太滑稽了。

"可是不这样，别人怎么会知道你是女生呢？你实在太帅了，无论和哪个女生在一块儿都像一对儿。"男生实话实说。

其实班上的男生都暗中羡慕洪飞扬，她虽是女生，但比男生更像男生，别人不误会她才怪。众男生心里还有一个自私的小愿望，他们都很好奇，"假小子"洪飞扬穿上裙子后会是什么样子呢？

"一定要我穿裙子事情才能解决吗？一定得这样吗？"洪飞扬一脸痛苦状。

她从小性格就像男孩子，整天疯玩，从不爱穿裙子。从小到大，她被误认为男生已经很多次了，习惯成自然，她一点也不意外。但这次，居然影响到好朋友白如玉，让人误会她早恋了，这事说大不大，但说小也不小，毕竟学校反对"早恋"。

"洪'帅锅'，这次只有你能帮我了。"白如玉楚楚可怜地对洪飞扬说。她一听见那些男生的话后，好奇心起，也想看看洪飞扬穿裙子的样子。

"只能这样吗？"洪飞扬环视众人，沉默片刻后，手一挥，说："那就穿吧！也不是什么大事，我是女生，本来就应该穿裙子的。"

大家见洪飞扬一副视死如归的样子，"哄"一声笑开了。

4

洪飞扬穿裙子来上课那天早上,真把我们集体镇住了。还别说,个头高挑、相貌清秀的洪飞扬,戴上飘逸的假发,穿上一袭长至脚裸的纯白棉布裙后,还真是飘飘欲仙,颇有几分走台模特的范儿。只是她一开口说话,就把我们笑趴了。

"笑笑笑,再笑就不理你们了。"洪飞扬绷起脸假装生气说:"我这都是为了还白如玉的清白,要不,打死我也不穿裙子。"但一会儿工夫,她自己也忍不住大笑起来。

"白如玉,我们飞哥穿上裙子后,你的班花位置可就难保了。"有男生调侃道。

"你们还好意思说,洪'帅锅'早把你们这群男生给比下去了。我才不要什么班花的头衔,又没人给我发工资。"白如玉挽着洪飞扬的手说。她还鼓动几个女生,一下课就拉着洪飞扬到校园各个角落走了一圈,引得大家惊叫连连,直呼"仙女下凡"了。

白如玉很得意,却臊红了洪飞扬的脸。她太不习惯这样穿着裙子到处走,太不习惯别人用好奇的眼光看她。隔壁班那个骂洪飞扬是"男人婆"的男生,看着眼前和过去完全不一样的洪飞扬,瞪大眼直呼:"你变性啦?""你才变了!"洪飞扬愤懑地说。

就像吹过一阵风,大美女洪飞扬的名字一时间传遍整个校园,就连班主任都说:"洪飞扬淑女时的样子还真可爱。"只是他话锋一转,紧接一句:"不过,我还是更习惯你的中性美。当然啦,穿衣打扮,个人习惯,只要不影响学习,随便啦,自己喜欢就好。"

"老师,其实我还是更喜欢原来的样子,今天这样,只是为了还白如玉的清白,我不想我们在一起玩时让别人误会我们在早恋,这多不好,是不是?"洪飞扬说着，随手扯去头上的假发。

老班看着眼前头发短短，说话粗犷，却穿着白裙子的洪飞扬一时笑到肚子疼。他摆着手，强忍住笑，说："高兴就好，高兴就好。"

5

初三还没结束，洪飞扬就被省体工队选去打篮球了。

我们都知道会有这么一天，因为她不仅拥有上天恩赐的优越的身体条件，还特别努力。别看她平时嘻嘻哈哈，爱玩爱闹，但一上运动场，她就像变了一个人，特别沉着冷静。

她喜欢打篮球，去更专业的球队打球，一直是她的愿望。我们为洪飞扬梦想成真高兴，只是面对别离时，还是依依不舍。

白如玉眼中带泪，哽咽地说："洪'帅锅'，下次回来看我们时，记得穿上裙子哟！你知道吗？你穿裙子的时候非常美，你才是我们班真正的班花。"

"飞哥！好样的，好好打球，我们都看好你，以你为荣！"男生们话不多，却一样难舍难分，他们对她的感情很单纯，一直把她当好哥们儿看待。

"我回来时，就来看你们，再见！"洪飞扬摸了下短短的头发，潇洒地挥手说再见。

只是在她转身离开时，我在她的眼角看见了一滴晶莹的泪珠。

这个帅气无敌的假小子，表面大大咧咧，不拘小节，其实她和我们一样都拥有一颗细腻、温柔的心。

我们都曾有过一段特别纯真的年月，那份友谊也是简单而美好的。我们曾经那么喜欢并看好一个人，他几乎就是榜样的存在。

每一颗心灵都是星星

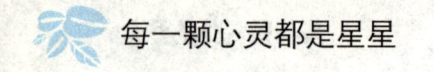

有没有一种友情，你曾弃之如敝屣

侯雪涛

> 珍珠挂在颈上，友谊嵌在心上。
>
> —— 谚语

他生下来就是个智障儿，大我三岁，村里人都叫他二憨子。

彼时，村子里的同龄孩子很少，二憨子就理所当然地以玩伴的身份闯入了我的生活。母亲每次见到我和他在一块儿玩，总是要训斥我一番，以至于后来我都是偷偷摸摸地和他在一块儿玩。我之所以喜欢和他玩，是因为傻傻的他就像一枚棋子一样，可以由我任意摆布。每次纷争，我都毫无悬念地胜出。在他面前，我一直是以老大的身份自居。

嘴馋，是小孩子的共性。那时候，父母很少给我零花钱来买零食。我总是和他玩些无赖的游戏，把他的零花钱悉数赢到自己的口袋，而他每次都是嘴唇嗫嚅着想冲我发火，但最终愣是没吐出半个字。他怕惹我生气，以后再也没人陪他玩。因为除了我，几乎没人愿意和他玩。有时候，看他实在可怜，我就把买来的零食分一部分给他。纵然是极小的一部分，他依然乐得合不拢嘴。

时间是一把没有声音的锉刀，还未来得及驻足观望，就已被磨个精光。后来，我上了初中，而他只读到小学四年级，就下田帮父亲干农活去了。我和他的人生轨迹就这样被时光分割开来。

自尊和虚荣开始在我的身体里窸窣萌发，我开始讨厌他那邋遢的形象，

第六辑 时光柔软

摒弃他身上刺鼻的酸臭味,甚至想让他永远消失在我的生活中。可每逢星期天他还是会去我家找我,我都以复习功课为由来打发他。每次他都是欢喜着来,然后怏怏返回。

一次,我去街上买东西,恰巧在商店碰到他。我看到是他,旋即转过脸,付了钱,抓起买好的东西就往外跑。我也不清楚自己为什么对他避之如虎,像是和他结下了深仇大恨似的。但最终他还是认出了我,跑到我跟前,和我打招呼。我眉毛皱了下,随便搪塞了几句,大脑里立刻开始搜索尽快甩开他的理由。他一把拽过我的手,把刚买的一包花生米倒了一半在我手上,然后习惯性地把手心里残留的些许粉末舔了个干净。我鄙夷地瞥了他一眼,指着手里提着的一包盐,说母亲急等着用,转过身似一阵疾风,飞快地逃离了他的视线。他也只好停止了纠缠,呆呆地伫立在原地,张望我的背影。走了没多远,我就把他刚倒在我手里的花生米一把甩了出去,然后用手来回往裤子上蹭,仿佛与他有染的东西都被标榜上了"肮脏"。

更令我气愤的是,第二天下午,他又跑到我家找我玩。我当时正在看我最喜爱的动画片,对于他的突然出现,愤怒如一股不可遏制的洪流在我心中爆发。那一刻,我真想把他塞进《哆啦A梦》里的时光机中,让他永远从这个世界消失。我心里嘀咕了下,这样下去也不是办法,拒绝了他一次,他还会再来。应该找一个更绝的理由,来彻底地摆脱他。

想了半天,我终于从脑中挤出了一个绝招。那段时间,正赶上我眼角膜发炎,眼睛又红又肿。我指着我的红眼告诉他,我得了一种很可怕的眼病,很容易传染给别人,所以不方便和他玩。他看到我充满血丝的眼睛,很自然地信以为真了。他接着问,什么时候病能好?我佯装叹了一口气,顺着路子继续往下编:"我这病需要换眼角膜,等医院有了眼角膜,才有希望好。"他皱着眉头看看我,眼神里盈满了同情和失望,然后无奈地离开了。

果不其然,自那以后,他似乎在我的世界里销声匿迹。我的身边终于不再有他的纠缠,也不会担心再被冠上"傻子的朋友"的称号了。

纤瘦的时间,从指缝间不断流走。我不知不觉地已到了高三,而他不知被我甩在青春的哪个黑暗的角落里,以至于我回想起往事的画面时,丝毫没有捕捉到他的镜头。但在这个黑暗的高三里,他还是出现在了我面前。

那年冬天,天气冷得变态,天气的骤变让我措手不及。来学校之前,我没带御寒的衣物,看着别人身上的棉袄,不由心生羡慕。在一次自习课上,大家都在安安静静地上自习,教室里静得如平静的湖面,任何的一点声响都能激起层层的涟漪。偏偏这个时候,他在教室门口,喊起了我的名字,而且是我向来羞于向同学提起的乳名。那一刻,我真想找个地缝,把自己藏匿起来。同学们齐刷刷地看向满身邋遢的他,又回头看看脸红得像熟透了的苹果的我,全班立刻哄笑一片。我起身飞奔到他身边,一把把他从众人的视线中拽开,拖到一个没人看得见的角落,恶狠狠地用双眼瞪着他,各种恶毒的话仿佛离弦的箭从我口中一跃而出,一串串地向他射去。他低着头,不停地用双手抚弄手中的黑色袋子,低声地回答说:"这几天天冷,你母亲老寒腿犯了,不方便给你送衣服,我闲着没事,就帮忙送过来了,顺便来你们学校转转。"尽管我欣喜于自己可以免于受冻,但因为刚才那窘迫的一幕,仍让我对他怀恨在心。我一把夺过他手中的衣服,并厉声警告他以后不要再来找我,否则我就把那恐怖的眼病传染给他。他迅速捂起脸惊慌地逃窜了。

我万万没有想到那竟然是我们最后一次见面。在我大学一年级开学不久,母亲打电话说,他在工地从楼上摔了下来,去世了。我当时只是稍稍震惊了一下,为他的英年早逝感到可惜。但母亲接下来说的一番话,让我始料未及,泪水瞬间夺眶而出。她说,他在医院被抢救的时候,嘱咐医生,在他死后,一定要把他的眼角膜完好地取下,捐献给我,好让我治疗那"有传染性的眼病"。我深感震撼,在他生前的最后一刻,还在为一向避他如瘟疫般的我着想。刹那间,内疚如一柄尖刀扎在我的胸口,自责和惋惜汩汩地充斥了整个

第六辑　时光柔软

胸腔。

没有比较,就没有失落,人生最难过的事莫过于从有到无。相比于大学里那昙花一现、钩心斗角的友情,二憨子给予我的,应该算是天大的馈赠了。不得不说,那份昔日弃如敝屣的友情,如今的我是多么地孜孜以求。

在我们每个人的人生过往中,总会有一些令我们扼腕、遗憾的友情被我们搁置在黑暗的一隅。也许当时我们视之如草芥,弃之如敝屣,但或许对方是视如珍宝,煞费苦心地在经营。人生终归是一条单行道,我们无法回到过去来弥补自己的缺憾。把过去当作一面反思自己的镜子,然后更加珍惜已经拥有的所有,也许这才是那些曾经被我们弃如敝屣的友情的真正意义所在。

> 我们大概都是这样吧,在经历了诸多虚假和肤浅之后,又会怀念起那份真挚的不掺假的友谊来。每个人心中都该有这样一个人,不为利益,只为走心。

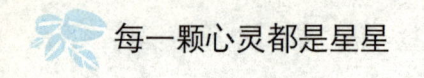

友情是面不说谎的镜子

阿杜

换我心,为你心,始知相忆深。

——顾夏

1

读初中时,我和林蔓都是县一中的住校生。学校里铺位紧缺,一张窄小的床都要安排两个学生合住,费用仅收一半,这对来自农村的我们,自然是划算而合理的。

我和林蔓同班同寝室同床,关系好得胜过亲姐妹。个头儿一般高的我们留着一样的长发,穿相同的校服,同样爱笑,往往让人有种错觉,以为我们是姐妹花。我们听后,异口同声地说:"是呀,要不哪能形影不离呢?"

我们真的是形影不离,每天进进出出都是一块儿。晚上熄灯后,躺在被窝里,头靠在一起,枕着交缠的长发,轻声低语诉说着细细密密的琐碎心事。

我睡觉不老实,常踢被子,每次都是林蔓在半夜帮我盖。有一次夜里,月色漫进屋来,亮如白昼。我半夜突然转醒时,林蔓正拉着被子往我身上盖,见我醒来,她嘟哝一句:"你像个小孩儿,老是踢被子。"然后她从被窝里伸出一只手,轻抚我的头说:"睡吧,一早还要起来锻炼呢。"我眯上眼睛,却一直睡不回去,很久后又偷偷打量起睡在身边的林蔓,看着她酣睡的样子,心里暗想,我们是好姐妹,我一定要珍惜。

2

一中的学习氛围很浓,大家都在暗中努力。

林蔓的成绩中等,偶有失误,名次就落到了中下游,相比我名列前茅的成绩,她有深深的挫败感。刚开始时,我不懂,我也没想过,我高高在上的成绩曾给林蔓带来多大的伤害。

我们以相同的分数入学,可是学着学着,差距就出来了。我没有特别用功,每天都是和林蔓一样,上课专心听,作业认真写,课前预习,课后复习,平时该玩该睡的一样不落。我从来没有背着林蔓暗中努力过,在学校里,我们俩几乎是整天整夜都在一起的,可是一次次考分的巨大差距还是在我们之间横亘起一条无形的鸿沟。

林蔓开始在晚自习后迟回寝室,我邀她一起走,她歉意地说:"要不,你先回吧!我还有几道题要再琢磨一下。""没事,我等你。如果需要,我讲解你听,你一听就明白了。"我说着,就在林蔓旁边的位置坐下,随意地翻着书本。

等了很久,我开始犯困,于是再次催促。看我哈欠连连,一脸倦意,林蔓才收拾书本跟我回去。

接连一段时间,林蔓晚自习后都要继续留在教室学习,刚开始我都等她一块回去,后来感觉确实累了,就在她的劝说下先回寝室睡觉。我睡得香,都不知道林蔓几点回来,第二天起床时,看她脸色有些苍白。我劝她不要太拼命,她却说:"我这么拼命成绩都不好,再不拼命,还不更差了?"林蔓的话噎得我无言以对。

我提出帮她补课,林蔓拒绝了。

我不知道我们之间怎么了,虽然还是天天睡在一张狭小的床上,但彼此泾渭分明。我记不得我们已经有多久没有一起说悄悄话了。

有时半夜里，我会在林蔓的辗转反侧中醒来，心里有些恼怒，她翻来翻去，一次次将我惊醒。一天夜里，在她又一次将我惊醒后，我睁着惺忪的睡眼，隔着被子打了她一下，说："动动动，又将我弄醒了。"林蔓应该是醒的，她很自觉地缩了缩身子，把脊背留给我。我习惯性地挨过去，偎依在她后背，可她果断地用被子挡开了我的身体。

林蔓的行动让我难过了一晚上。她的疏远我已经感知，可我还是希望能像过去一样亲密无间。

3

对峙了一晚上后，我和林蔓在没有任何争吵的情形下渐渐拉开了距离。依旧睡在一起，但我们不说话，各走各的路。

我不知道林蔓是不是故意的，她还剪去了和我一样的长发，后来又和邻班的一个男生走得很近。我们原来说好的，遇见各自喜欢的男孩儿时要告知对方。可是林蔓什么都不告诉我，她还和那个男孩儿一同逃课，一起散步。

我愤愤地想，有什么了不起呢？不就是一个破男生，学习还那么差。

赌气之下，我也接受了一个校草级帅男生的纸条，陪他去看了一场电影，还去冷饮店喝了两次果汁。我什么都不告诉林蔓，却故意在林蔓也在寝室时，与其他女生分享我的秘密。

我偷瞥林蔓一眼，见她的身体莫名颤抖，然后又将后背挺得直直的。我知道她在听我说话，可我就是故意气她，笑得肆意夸张。

我不知道我们为什么会变成这样？两个总躲在被窝里说悄悄话的好姐妹有一天也会成为陌路？我心里就像有个黑洞，让我无论如何都无法真正开怀起来，所有故意的喧哗都只是为了引起林蔓的注意，希望她会因此难过、后悔,然后我们和好如初。可是一样倔强的林蔓,用另一种方式深深地伤害了我。

我并没有和校草谈情说爱,只当他是好朋友,还督促他学习。我对他说:"喜欢我,得有诚意。我成绩好,你也不能太差吧?"他对我言听计从,并且在我的帮助下,成绩飞速提升。

大家说我和校草"金童玉女",在林蔓面前,我更是刻意地展现我们的甜蜜。那时,林蔓已经被邻班那个男孩儿甩了,她整天落落寡欢,一脸阴郁。

林蔓的成绩落到了班上的倒数几名,而我依旧风头十足,斗志昂扬。好几次,我想主动言和,可是张开嘴又不知说什么。林蔓看我的眼神,很复杂,我不知道她心里想了些什么。我们还是睡在一张窄小的床上,却已经各自用被子把自己包裹起来。

4

在我和林蔓漫长的冷战中,时光悄然流逝。转眼,我们已经是毕业班的学生了。

毕业前夕,数不清的考试、成堆的作业将我们淹没。我已经无暇去恨林蔓了,偶尔想起,还是她最初甜美微笑的样子。我们依旧不说话,但我习惯她的存在。或许,她在身边,即使不交流,我的心也会踏实。

可是毕业前的一天夜里,林蔓毫无征兆地发烧了,后来又冷得浑身颤抖。她紧紧挨着我的身体时,我习惯性地推了推,可是我摸到了一个滚烫的身体,一个激灵,我醒了过来,伸手摸了摸她的额头。好烫!

我赶紧起床,借着月色找出备用的退烧药,还倒了一杯温开水,抱起林蔓的头,喂她吃药、喝水。林蔓在挣扎,她不想接受我的照顾,我却紧紧把她抱住。

"我不要你帮我。"林蔓扭头不看我。

"你还要倔到什么时候？我们还要互相伤害多久？"我哽咽说,泪水流到了林蔓脸上,她也哭了。

林蔓的身子还很烫,我抱着她六神无主。一个被吵醒的同学跑过来帮忙,还叫醒了寝室管理员。后来我和寝室管理员叫了校车一起送林蔓去医院打吊瓶。

折腾了一晚上,我疲惫不堪,但心里快乐。把林蔓送回寝室后,我帮她盖好被子,守着她。我不知道她做了什么梦,睡梦中,她的脸颊上居然留下了两道深深的泪痕。

有些尴尬,但我和林蔓还是和好了。晚上睡觉时,我们手挽手,默默对视,在温柔的夜色里,看着彼此明亮、纯净的眸子,看着,泪水就恣意横流。

我们都是倔强的孩子,我们浪费了太多应该友好相处的日子,明明想着对方,明明渴望彼此的友情,却依旧选择伤害。还好,友情是面不说谎的镜子,我们没有一错再错。

年轻的时候很固执,这种固执是青春赐予的,直到现在,固执依然存在,可是懂得了对方的好。我们都是这样过来的。

第六辑 时光柔软

是什么抚平青春的伤口

冠豸

爱就是充实了的生命，正如盛满了酒的酒杯。

——泰戈尔

1

还在乡中学时，江英也和我同宿舍。

她盖的被褥是一块块完全不同的花布拼在一起的，要多土有多土。她头上扎的两个麻花辫，最让我无法忍受，可她全然不知我的反感，经常主动来找我说话。

我是初三时才从省城打工子弟中学转回老家。从小我跟随外出打工的父母在城里读书，那种漂泊的岁月就像无根的浮萍。我在城里读了八年书，去过四个城市，随着父母打工地点的变迁，转了很多次学。

在陌生的班级里，我总是很难得到一点温暖，在我努力融入班集体时，又一次新的转学开始了。一直以来，我就没有一个可以长久相处的、可以说悄悄话的好朋友，从陌生到熟悉，从熟悉到离开，一次次周而复始，我疲惫了。随着年纪的增长，我越发不愿意打开心扉。

刚转学回老家时，我真的不习惯。我虽是漂在省城的打工子弟，但毕竟是在城里，什么新奇的东西没见过？想着自己是一定要考出去的，我不想浪费时间跟任何人建立友谊。

173

2

跟父母在外漂泊多年,我明白唯有自己努力考上一个好大学,才会有好未来。这是我以后可以名正言顺留在城里,拥有城市户籍的唯一途径。

我一直很明确自己的目标,学习第一。我没想到不起眼的江英成绩居然和我不相上下。对她,我有过欣赏,但很快就被她毫无主见的表现击落了。

她是班长,别人不愿意干的事情,她都要自己动手,还时常费力不讨好被人埋怨。她傻笑的样子让我深恶痛绝。

我的孤傲引起众怒,他们说我眼睛长在头上,说我不过在城市边缘寄读了几年书就当自己是城里人……种种非议我根本没放在心上,倒是江英帮我一次次解释,但我不领她的情。

我以为我们的缘分只有一年,与其到时又要因为分开而难过,还不如不要开始。

3

我没想到,江英会和我携手考进市一中。

她爱和我一起,我却是刻意与她拉开距离。因为她一次次强调,班上的同学都知道了我们是一块儿从乡下考上来的。她们说话时,总以"那两个乡下女生……"开始,让我对江英恨之入骨。

"乡下来的"就像我的标签,即使我在城里读书多年,即使我穿价格不菲的衣服。在她们眼中,我和江英一样没见识、没品位,可以任她们支配。

我淡然处之,我行我素。别人的快乐和我无关,我的孤独也不需要陪伴。可是江英一次次打扰我的清静,无论我在哪儿,她都能找到,然后挨着我坐。在她兴高采烈地和我说话时,我却在她惊愕的目光中转身离开。

那么明显的拒绝,江英怎么会不懂呢?可她看见我,还是主动搭话,特别是回到宿舍后,更是积极主动,抢着帮我洗衣服。

同宿舍的女生不解地问:"江英,她都不领情,你干吗对她那么好?"

江英笑着说:"我们是一起从乡镇中学考来的,理应互相照顾。"

躺在床上看书的我,再次听见这句话,火气突然就上来了,我瞪着江英说:"你是你,我是我,别总把我和你扯到一块儿。"

江英抿着嘴,颓然低下头时,我心里莫名地刺痛起来。

4

严丽联合班上的女生为难我,她们藏了我的课堂笔记,把我交上去的作业撕毁。

我质问严丽,她倒也承认,还噘嘴反问我:"那怎么样呢?乡巴佬。"

我二话不说,直接扫了她一记耳光。严丽没想到我敢打她,一时愣住了。

班上的同学也看呆了,只有江英跑过来拦在我们中间。急红眼的严丽,一撒手把江英推了过来,一只手顺势扯住我的头发。我在挣扎中,用力甩开严丽的手时,却一把将江英推了出去,一个趔趄,江英一头撞在桌角上,额头顿时鲜血直流。

我和严丽都呆了,恰在这时,老班进了教室。看见额头流血的江英,他赶紧送她去校医疗室处理伤口。我傻了,看他们匆忙离开教室的身影半天缓不过神来。

大家众口一词,说我先打严丽一耳光,然后又推了前来劝架的江英。老班为此狠狠地批评了我,虽然江英一直在向老师解释我不是故意的,但我还是被处分了。

我不想为自己解释,只是看见江英额头的伤口时,心里会隐隐难受。

5

江英的友善赢得了大家的喜欢。

看见一脸笑容的她,我匆忙躲开,我不想被她看见我的落寞。为了虚荣的面子,我一直倔强地不肯对她说那三个字。

圣诞夜,她们结伴出去玩,宿舍里只剩下我。望着苍茫的夜空,我站在窗前,泪水不知不觉溢出眼眶。我的生日,却没有一个人为我祝福。

"小萍,祝你生日快乐!"在我顾影自怜时,宿舍门突然被推开了,江英带着几个女生涌进来,她们欢呼着为我祝福,就像我们之间从来没有隔阂。

江英利索地摆放蛋糕、点燃蜡烛,还把我拉到她们中间。

我愣愣地看着她们,半天缓不过神。江英快人快语:"小萍,我报名时看见了你的生日,记住了。来,你坐中间,你是寿星。"其他几个女生也笑容可掬地用眼神鼓励我。霍霍跳跃的橘黄烛光中,我望着眼前一张张生动、微笑的脸,泪水模糊了双眼。

"来,许愿吧!"江英说。

她们为我唱起了生日歌。我惭愧地低下头。

"许愿啦!祝小萍永远快乐!"江英热情地搂着我的肩膀。

感受着从江英身上传递过来的脉脉温暖,我的心突然就踏实和笃定了。这个我一直以来看不起的女孩,她却一次又一次用真诚和善良感动我。

望着江英额头的疤痕,我埋下头,紧紧把她搂在怀里。我再也不要故作清高的孤独了,再也不想错过身边的每一个朋友。

那孤独,是青春的伤口,唯有爱可以抚平。

这世间所有的伤疤,唯有爱可以化解。在青春里我们都是孤独且骄傲的,可是我们自己知道该有多渴望爱和理解。

每一颗心灵都是星星

第七辑　相励于江湖

在漫漫的生命岁月里,我们都为对方的心灵注入着积极向上的能量,相互提醒着永不在世俗的红尘里沉沦,永远都要驾驭着自己的理想之舟,彼此呼应着,义无反顾地向前,向前……

每一颗心灵都是星星

尘世中，那些直入人心的美

君燕

朝阳初升，用光明与温暖柔和地抚触大地，也仿佛是在唤醒着生命。

——唐家三少

1

一次跟朋友外出办事，偶然来到影视城外面的出租房里，住在这里的都是怀揣着艺术梦想的年轻人。房间里，一个年轻的女孩正在吃饭。桌子上放着一碗肥腻腻的红烧肉和几个馒头，女孩一口肉一口馒头大口大口地吃着，不一会儿的工夫，桌子上的东西就一扫而光。女孩打着饱嗝，却仍起身去锅里舀饭。真是个贪吃的女孩，已经有发胖的迹象了，还不注意节食，现在的女孩子多注重保持身材呀。或许是有导演找她拍戏，要求她增肥？我转念想到，一定是，要不然她也不会不

顾自身的承受能力,这么胡吃海喝。

临走时,突然听到房东的声音:"媛媛,你还是悠着点吧,别把自己撑坏了。""不行,再有半个月我就要回老家了。在母亲的观念里,胖就是福气,她要是看到我瘦成这个样子,一定会伤心死的。我一定要让母亲临走时看到我胖胖的样子,不然她到那边也不会安心的。"这是女孩哽咽的声音。听了女孩的话,我微微一怔,原来让一个爱美的女孩心甘情愿地放弃美丽的外表,放弃触手可及的美好前程,还可以有这样一个我意想不到的,甚至有点荒唐的理由。但就是这一点点的荒唐,却让我忍不住鼻子一酸,差点掉下泪来。

2

小区旁的早市上,常常可以看见一对母子守着一个菜摊卖菜。母亲很勤快,把菜收拾地整整齐齐,泛着黄的叶子、打了蔫儿的水果,她都会细心地一一挑拣出来。儿子总是安静地坐在一旁的椅子上,微笑着看母亲忙碌,有时也会帮母亲把地上散乱的蔬菜归置整齐。母亲忙碌的间隙,会习惯性地转头看看儿子,然后母子俩相视一笑,那份浓浓的母子深情总能感染路过的行人。

也许是为了省钱,母子二人通常只买一份简单的盒饭作为午餐。盒饭刚刚买来,儿子便一把抢过来,狼吞虎咽地吃着,全然没有了之前的安静和懂事。而那明显不协调的动作和略显呆滞的表情让我不由地怀疑儿子的智商,"她的儿子是个弱智,唉,这女人真可怜。"一旁的大婶低声告诉我。怪不得呢,我摇着头,对那个女人也产生了几分同情,摊上一个只知道抢吃抢喝的傻儿子,心里该多难过啊。可是,我却看到母亲接过儿子吃剩的饭盒时,脸上抑制不住的欣喜和激动。路过他们身边时,我往母亲的饭盒里瞟了一眼,青菜、豆角等素菜不见了,只剩下泛着光泽的炒肉高高地堆在白白的米饭上面,面前的儿子正一脸期待地看着母亲,那眼神分明如朝圣者般虔诚……

3

每天早晚，我都会看到一个中年妇女搀扶着一位老太太在树林旁边的小路上散步。老太太也许是中过风，走路很不利索，中年妇女便小心翼翼地陪着她慢慢地走。走累了，中年妇女拿出随身携带的棉垫子垫在路边的石凳上，扶老太太坐下休息。真是个细心的女儿，我在心里暗想。

有一次，老太太突然发作起来，"我不想走了，我要休息"，"我又不认识你，你别管我"。老太太语无伦次地嚷嚷，还发疯似的挥着手里的拐杖。中年妇女终于失去了耐性，对着老太太喊："你不认识我，我还不认识你呢。"说完，便蹲在地上大哭起来。然而，哭过之后，她站起身来擦擦眼泪，又扶着老太太继续锻炼。都说久病床前无孝子，中年妇女能做到这些，已经很不容易了，谁还没有烦躁的时候呢。

那次跟邻居聊天，我才知道原来那位中年妇女只是老太太的儿媳，而她的丈夫早就因为外遇跟别的女人远走高飞了。

原来，子女对父母的拳拳爱心还可以超越血缘而存在，原来，那些我们看不分明的表象背后竟藏着如此深沉的爱。

4

那次参加培训时，和一位盲人朋友住在一个寝室。每天晚上，她总是戴着耳机躺在床上，似乎在听音乐。好几次，我好奇地问她在听什么音乐，竟能让她如此着迷，她总是笑而不言。一次趁她出去，我偷偷戴上她的耳机，按下了开始键,却并没有美妙的音乐响起,只有一阵阵咳嗽声敲打着耳膜,快进以后,依然如此。

　　她回来后,我忍不住问她原因。听了我的问话,她脸上的表情突然黯淡下来,叹了口气说,她的父亲早亡,母亲又多病,由于自己眼睛看不到,对母亲最直观的印象就是她的声音。每天晚上,她都是伴着母亲的咳嗽声入眠,时间久了,听不到母亲的咳嗽声她就会失眠。后来,她便偷偷地录下了母亲的咳嗽声,出门在外的时候便拿出来听上一会儿。"如今,我只能通过倾听这一声声咳嗽来感受母亲的温暖和爱意了。"她幽幽地说着,脸颊上流下了两行清泪。

　　有些故事,总是那么心酸,仿佛一触碰就能流下泪来。可是,这些心酸的故事,依旧是温暖的。

每一颗心灵都是星星

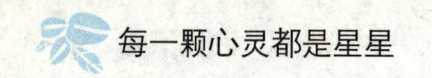

只因了你的暖

清露流晨

所有幸福的家庭都十分相似；而每个不幸的家庭各有各的不幸。

——列夫·托尔斯泰

同事丽结婚11年了，孩子都10岁了，可丽依然每天打扮得光鲜亮丽，像正值青春年华的小姑娘。这引来很多人赞叹的同时，也招来了一些人的议论。"都老夫老妻的了，还把自己打扮成小姑娘，给谁看呢？""这上班都够忙的了，她哪儿来的工夫打扮，累不累呀？"我们这工作都得起早贪黑。早晨我都是被闹铃叫醒，然后迫不得已一骨碌爬起来，简单洗漱一下，就去上班了。哪还有时间打扮自己呀！可她每次一出现，总是光鲜夺目，让人眼前一亮，心情舒畅。那眼睫毛浓密修长，大睛睛微黑闪亮，瓜子脸略施粉黛，樱桃小唇淡红莹润。她的妆恰到好处，美而不媚，耀而不妖，纯而不淡，嫩而不娇，那么自然，那么清新。她穿得衣服也总是每天一换，清新亮丽，新颖时尚。

若是一天两天也不足为怪，可结婚这十几来一直都这样就难了。有几个同事也效仿她，可没坚持几天就又恢复原形了。"哎呀，我的妈呀，美也是要付出代价的，为了打扮，我得早起至少半个小时。有那工夫，我还睡会儿呢！"同事打着哈欠说道。是啊，我们都很忙很累，有时连脸都懒得洗，衣服都懒得换，哪有时间收拾自己，就是有时间，也没那心情呀。

可她却天天花枝招展，亮丽如初。我们不得不佩服她这种为了美不怕

182

累的精神。在美的背后是要有坚强毅力支撑的。当有人问她:"你不累吗?"她总是嫣然一笑,"你能让别人感受到美的时候,累也是一种享受呀!"

有一天,我在她QQ空间里无意中看到这样一句话:"只因你的暖,我宁愿每天为你花枝招展。"我当时感动得哭了。噢,丽每天打扮原来是这样。我们都知道丽有一个好老公。他对丽的关心呵护体贴达到了极致。怕丽被油烟熏着了,不让丽炒菜;怕丽的手变粗糙了,不让丽洗衣服做家务。女为悦己者容。老公这样地疼自己,丽当然要把最完美的自己送给他。

婚姻不会因时间而老去,你的关爱和体贴给她带来了深情的暖。这种暖会让爱情保鲜。也正因了你的暖,她会每天花枝招展,不为别人,只为心中那个爱她的你。

有人说,丈夫是什么脾气,妻子就会是什么模样。人是可以相互影响的,所以,尽力去呵护那个爱你的人,因为你的爱,她会焕发光彩的模样。

巴瑞尔的"一人"餐厅

张珠容

一个明智的人总是抓住机遇,把它变成美好的未来。

——托·富勒

一家餐厅,只要火爆到一定程度,顾客就需要提前预约。预约时间短则几天,长则数月,一般很少超过一年。但美国纽约州就有这样一家特殊的餐厅,顾客需要提前5年预约才能到那里就餐。

这家餐厅的老板名叫达蒙·巴瑞尔,是一个40多岁、开朗的中年男性。一直以来,他都生活在美国纽约州一个名叫厄尔顿的小镇上。这个小镇所处位置极其偏僻,近年来,人们搬的搬,走的走,眼瞅着小镇越来越没有生气了。巴瑞尔早年是个厨师,每天都在镇上的餐厅里开心地烧菜。一年前,随着镇上最后一家餐厅的搬离,不愿外出谋生的巴瑞尔永远地失业了。

那段时间巴瑞尔有些郁闷。他想不明白人们为什么都喜欢到大都市里过快节奏、高压力的生活。他很想为小镇做点什么。可是,除了烧菜,自己还能做什么呢?

一个大雨滂沱的日子,纽约一家大公司的业务员科林到纽约州一个小镇谈一笔业务,却阴差阳错地坐错了车,跑到了厄尔顿小镇。科林淋得如落汤鸡一般,又冷又饿,却找不到一家餐厅。好心的巴瑞尔见状,便把科林领回家。科林一副着急的样子,希望尽快吃上饭然后返回纽约。巴瑞尔却建议他先去洗个热水澡,自己则烧些饭菜,之后两个人同吃。看着主人如此热情好客,科林也就不好推辞。

十分钟过去了,洗完澡的科林被厨房的香味所吸引,便一边同巴瑞尔聊天,一边参观他的烹饪过程。巴瑞尔的脸上始终洋溢着灿烂的笑容。他非常熟练、细致却又慢悠悠地做着每个动作,仿佛是在制作一桌盛宴。科林为巴瑞尔的精湛厨艺感到震惊,更被他从容生活的态度所感染,此时的他早已忘记还有一单业务需要洽谈。

一个小时之后,科林吃到了一顿精致、美味的午餐。吃完饭,他大发感慨说这是自己参加工作后吃到的最香的饭菜。他说:"大都市里的生活节奏太快了,人们多么需要像我一样,到这样的偏僻小镇来释放一下自己的胃和身心!巴瑞尔,你开一家餐厅吧!你的厨艺这么好,哪怕店里只有一个服务员,也会有大批的顾客上门的!"

巴瑞尔却摇摇头:"但我希望每天只接待一个顾客。"

科林继续鼓励:"那就开一家'一人'餐厅,只有一个店员、每天只接待一个顾客的餐厅!"

巴瑞尔心动了。第二天,他就行动了。他没有去租街道上的店面,而是在自家的地下室摆出九张桌子,包括一张餐桌和八张工作桌。原来,这里不仅僻静,而且便捷。巴瑞尔家拥有一个4.8公顷大的院子。在这里,他种着各种蔬菜、水果和香料。巴瑞尔的想法是:除了海鲜类原料需在外采购,其他所有菜品的原料都可以靠自己种植和加工处理。所以,只有把自家当成餐厅,自己才能得到最好的食材,做出最新鲜、最原汁原味的菜肴供食客们品尝。最关键的是,巴瑞尔觉得自己只有身处这个大大的院落,才能源源不断地迸发烹饪灵感。

经过十几天的筹备,巴瑞尔开在家中的"一人"餐厅正式营业了。他接待的第一个顾客,就是科林的上司黛西。原来,科林觉得上司的压力比自己大,所以在接到巴瑞尔的餐厅开业消息后他极力推荐上司前去厄尔顿小镇就餐。果然,黛西在巴瑞尔的餐厅用过餐之后整个人精神焕发。

这之后,巴瑞尔的餐厅在顾客的口口相传中渐渐有了知名度。巴瑞尔的餐厅消费额高得惊人,人均消费超过 250 美元,但顾客的脚步并没有因此被阻挡。凡是到"一人"餐厅的顾客,都能暂时远离都市的快节奏生活,充分享受"慢食"的乐趣。长达 5 个小时的用餐时间中,顾客可以听音乐、欣赏小镇风景,也可以观看巴瑞尔备菜、烹饪的全过程,甚至可以跟他学上几招烹饪秘方,之后再不慌不忙地享受大餐。巴瑞尔喜欢创新,菜单换得很勤,但唯独不会从菜单上挪走一样东西——手工面包。这种面包,是巴瑞尔用橡树果粉、苜蓿粉以及植物种子等材料秘制而成,如今已当仁不让成为顾客的最爱。

正因如此,仅仅经营一年时间,巴瑞尔的"一人"餐厅就异常火爆。不过,因为一次只接待一个顾客的缘故,餐厅的预约已经排到了五年以后。这些预约者除了来自美国本土,还有不少是外国人。不少人因此感到疑惑:严格说来,巴瑞尔的餐厅算不上一家正经的餐厅,可它为什么那么吸引人呢?

其实答案很简单,因为巴瑞尔的"一人"餐厅向顾客们传达了一种他们天天渴望却经常忽略的人生态度——回归本色,享受慢生活。

> 快节奏的生活已经让人有点喘不过来气了,每一天都是人满为患的日子。灵魂就像作困兽之斗,我们真的应该放松一下了。

有时"忘本"是超脱

奇清

保守是舒服的产物。

——高尔基

大凡人都会不忘根本,不忘那些对自己具有特别意义的事。不忘本,也就知道饮水思源,懂得感恩。不过,世界是复杂纷纭的,世上的事情并非尽皆如此。

人以食为天,食即人之根本。"食不厌精,脍不厌细",根本之根本就是要把食材做成美味佳肴。泰国有一个叫沙马的就熟谙此道。1935年出生的他在电视台曾主持一档名为《边品尝,边抱怨》的烹饪节目长达七年,沙马有一道名菜"可口可乐炖猪肘",非常好吃却并不难做:大锅中放入五只猪肘,倒上四瓶可口可乐,先大火再文火烹制三小时即成。他还创造出了全能酱料"泰国味精"。

老子曾经说"治大国,若烹小鲜",泰国人也许对老子的这句话感受太深了。2007年底,泰国民众把沙马推上了总理的宝座。

沙马或许并没想到自己会有这么一天,在潜意识里他总会感激自己的这一本领,并自觉不自觉地将其显露出来。比如,在其官邸,他常常会下厨做上几道美食招待到访的官员;到泰国和柬埔寨边境慰问士兵时,他也不忘在野外行军锅上炒上几个菜;他来中国参加2008年北京奥运会的开幕式时,在泰国驻华大使馆里亲自掌勺,让运动员见识了他的不凡厨艺。

有时感激也会让人着魔,沙马更是念念不忘那让他走进人们视野的电视烹饪节目,即便政务倥偬,他也仍然参加了四次烹饪节目录制,不承想这让他惹上了大麻烦。

原来,这四次节目录制收取了电视公司的 8 万泰铢(当时约合 1.6 万元人民币)的酬金。而泰国宪法有规定:内阁成员不得受雇于私营公司,也不得从事兼职工作,以免与公共利益发生冲突。在法院找上沙马的麻烦后,他解释说:"8 万元泰铢是他的司机私下所收,并且全部用作车马费以及购买节目中所使用的食材。"法院并没有接受沙马的说法,在 2008 年 9 月 9 日,判定他主持节目收费违宪,并褫夺了他的总理职务。

法院的判决出来时,沙马正在泰国东北部一个城镇考察。对于这个结果,他说:"我别无选择,只能服从。"就这样,沙马成了泰国历史上第一位被法院判决因违宪而下台的总理。

当你只是一个烹饪师时,你烹制出了许多美味,也就抓住了民众之根本,同时也抓住了自己的人生之根本。如果你有幸被民众推举成为"治大国"的官员,倘或依然去"烹小鲜",且忙得不亦乐乎,而忘了"治大国"的责任,也就丢了人生之根本。

有些事,尽管它成全了你,也可以将它忘一忘,如此才能更好地钻研变化了的业务,以适应新的身份,能在新的岗位上做出更好的业绩,满足人们对你新的期盼。

有时"忘本"是一种超脱和大度,它能让你因时而化,顺势而为,做出更有益于时代与大众的事。

忘本的根本目的是创新,所以我们得理解其中的含义。忘本是为了不循规蹈矩。

不想被世界遗忘

邢占双

有了人生的价值,就不觉得黄金昂贵。

——倪志兵

那年,我考入师范大学,从百里之遥的乡村走向县城,我感到眼前的一切是如此陌生。清晨,代替乡村鸡鸣鹅叫的是吵闹的起床铃声和嘹亮的广播喇叭声。打饭要排队,夹塞儿就要扣分,洗脸常常要挤着洗,白花花的馒头漂在水池里,扔在餐桌上,完全看不到初中时的那种俭朴劲儿。

这里没有初三时那种勤奋苦读、惜时如金的情景。很多人信奉"五十九分白费,六十分万岁,六十一分浪费"的人生信条。这里的师范生和一墙之隔的高中生形成鲜明的对比,那里的世界静悄悄,从那所校园里走出的学生大多衣着俭朴,沉默无语,急匆匆的来,急匆匆的去;而这里的师范生则衣着时尚,欢声笑语,吉他、二胡、笛子声声不断,篮球场上常常爆满。但我更羡慕高中生,宁静的他们将比我们走得更远。

命运把我安排在这里,我有些不甘,很不适应这里多如牛毛的校规,做操不认真扣分,跑楼梯扣分,就寝说话扣分。最让人懊丧的是床铺,我的学号经常上黑板,总是不合格,我成了班级的扣分王。想不到,我这个在小学和初中一直是老师眼里的优秀学生,在这里却事事做得不如意。

日子挨着日子,每一天都像砖机里制出的砖。吃饭、上课、睡觉、寝室、食堂、教室,三点一线的生活。日复一日,我很快便厌倦了。

学校搞着各种各样的活动,联欢会、演讲、合唱、书画展,我一概不参加。倒是热衷于出去打台球、玩电子游戏、吸烟、穿迷彩服、吹发型、喷香水。我将

每一颗心灵都是星星

打架视为英雄，因为鸡毛蒜皮的小事和同寝九弟打架，和邻寝老车交手。我的口头禅是即使不能留芳千古，也要遗臭万年。可是，我无形中感到自己失去了一种什么东西。

实践周的时候，我在男寝前看小说，与同寝五哥因为争夺一本琼瑶的小说而撕扯在一起，谁也不服谁。幸亏女寝门前的女生跑来拉开，才避免了一场恶战。

那天食堂打饭，我排在我暗恋的女生身后，那女生回头说："弟弟，你挺有出息呀！不言不语的学会打仗啦！你这样，给人留下的印象好吗？"那一刻，我低下了高傲的头，像个亲弟弟一样虚心听取姐姐的开导。

姐姐说："弟弟，你应该注意形象，你太沉默了，你应该多参加活动，表现表现自己。"

姐姐的话犹如一面镜子，照亮我内心的黑暗。我震惊了，难道我给大家的竟是这种印象？沉默，这难道是我的性格？这是我的本色吗？我要改变自己，不然世界就会把我遗忘。

那天晚上，在姐姐的帮助下，我和五哥握手言和，对瓶喝了香槟，吃了蒸饺，双双留下悔恨而欢欣的泪。

那以后的日子里，我微笑面对身边每一个人，不时用幽默的话语逗大家开心，积极参加各种活动，演讲出彩，辩论搞笑，运动会上参加撑杆跳和800米跑，苦练篮球，泡阅览室。我爱上了文学，生活突然变得丰富多彩。我用文字来表达对生活的热爱，对梦想的追求，我的作品被登上校报，被广播站广播，我成为这个大家庭中很受欢迎的一员。

时过境迁，感谢姐姐当年对我的忠告，食堂里那振聋发聩的话语，犹如一面镜子照亮了我的人生。人活着，就要做点什么表现表现自己，不然，世界就会把他遗忘，而我选择的是文学。

> 我想，人活着的意义是为了让别人认可，也是让世界看到。我们总得给这个世界留下些什么，然后在我们诀别的时候可以骄傲地对自己说，这个世界我真的来过了。

和自己赛跑的人

安一朗

蜗牛靠着毅力，才能爬到安全的地方。

——史普吉恩

1

孙兴坐在靠墙的角落，在班里几乎不吭声。学习一般，毫无特长的他，如果不是胖得出格，我想大家可能早把他遗忘了，但因为他胖，长得像"葫芦"，大家平时爱调侃他，还美其名曰：葫芦孙。

孙兴不喜欢这个外号，别人嬉皮笑脸地叫他"葫芦孙"时，他会难过，但不想自己被别人排斥，犹豫一阵后，他还是会抬起头，一手挠着脑袋，隐忍地问："是叫我吗？""不叫你，难道是叫我自己呀？"逗乐他的人应一句后就哄笑起来，引来一大片的笑声。孙兴在众人的笑声中，脸泛红，也跟着尴尬地笑。

大家说孙兴脾气好，作弄他的事时常发生，在单调、枯燥的学习生活中，倒也因为他的存在，给大家带来了不少乐趣。我坐在孙兴的后桌，见别人作弄他时，心里就不舒服，虽然我也会因为看见他愣头愣脑的样子时发出笑声，但我从来不曾去作弄他，我想，毕竟是十几岁的人了，谁愿意整天被人作弄呢？

有一次，四五个同学一起作弄孙兴，他们讲得口沫横飞，笑得得意忘形，

每一颗心灵都是星星

甚至还在孙兴的后背衣服贴上一张恶搞的漫画,并且用水笔写上:"我是大头葫芦孙!"孙兴背着它走在校园里,笑趴了一群人,他们指着孙兴高喊:"快来看呀!大头葫芦孙出游了!"孙兴在别人肆虐的笑声中感觉到了不对劲,待他后来知道事情的始末并且摘下那张恶搞的漫画时,他第一次在众人面前发怒了。

我记得那天,他最后狠狠地咬着牙,一拳砸碎了教室的窗户玻璃。

2

见识了发怒的孙兴,再加上老师的批评,班上倒是没人敢再叫他"葫芦孙",更不敢作弄他了。风平浪静的孙兴就像一夜间被大家遗忘在教室的角落,他不说话,也没人找他说话。个头不高的他,主动坐到教室的最后一排,连我也几乎忘记他的存在。

校艺术节前夕,我因为参演了学校的一个小品,每天放学后都要留下来排练。有一天,排练完后,突然想起还有东西落在教室,我就返回教学楼。教室在四楼,楼后面是学校的大操场,平时很少有人在里面锻炼,大家都习惯在教学楼前的小操场打球。可是那天,我的目光却被窗外大操场上一个跑动的身影吸引了。

那人跑得很慢,硕大的身形一路摇摇晃晃像是随时要跌倒的样子,我看得很真切,那人是孙兴。夕阳笼罩下,整个校园仿佛覆盖了一层温润的颜色。可是孙兴的身影,在那温润的颜色中,在空荡荡的大操场上显得那么孤单。

放学已经很久了,整个校园里都不剩几个人,孙兴怎么还在跑步?我站了一阵,看着艰难跑动的孙兴,突然就有一种冲动,我要去陪他跑步。

我兴冲冲跑下楼,去到楼后面的大操场。孙兴已经跑到操场的另一边,我放下书包,鼓足马力迅速追上去。可能是跑得太投入,我跑近他身边叫他时,他都没反应。孙兴汗流浃背,整个人像是从水里捞出来的,他眯着眼,气喘如牛,硕大的身形艰难地左右摇晃,那脚灌了铅似的,每跑动一步,我都能听到地上传来一声沉重的闷响。

我拍了拍他的肩,孙兴才转过头睁开眼看我,在他停下来的那一刻,他整个人差点就栽到地上。我赶紧扶住他,他摆摆手,喘着说:"还有半圈。"然后又继续迈步向前。"你跑多久了?还不回家吗?"我问他。孙兴没说话,我想他现在正口干舌燥得喘不过气来,于是不再说话跟着他一起跑。说是"跑",其实比我平时走路还慢了许多。好不容易到达终点,孙兴抹去脸上的汗,说:"今天的任务终于完成了。"

我好奇地问:"谁要求你跑的?减肥吗?还是想参加比赛?"

"没人要求,是我自己要跑的,如果能顺便减肥当然更好,参加比赛,你说我能行吗?"孙兴反问我。

我知道,孙兴跑得慢,考试从没及格过。孙兴说话时表情淡淡的,只有豆大的汗珠子在夕阳的余晖下闪烁,使他的脸看起来神采飞扬。

3

校艺术节如期举行,我每天忙学习,忙排练,还要参加艺术节前的各种准备活动,忙得不可开交,慢慢就忘了孙兴的事。

直到艺术节结束后的一天,我和几个同学打完球后,正准备回家时,突然就想起了一个人跑步的孙兴,于是兴致盎然地跑到教学楼后的大操场。中间隔了一个多月的时间,我不知道孙兴是否还在坚持,只是好奇地想看看。

夕阳下的操场,果然还有一个人在跑步。不用猜,一定是孙兴。我放下书包就追了过去。他跑的速度依旧很慢,一会儿工夫,我就追上他了。依旧浑身湿透了,但孙兴看见我很高兴的样子,他说:"你来啦?"我笑着看他,好奇心又

每一颗心灵都是星星

起:"有进步吗?又过了一个月。"孙兴的脸在夕阳下呈现出一种好看的红铜色,他喘着气说:"有进步,虽然还是很慢,但比之前,真的快多了。"

看他一脸高兴的表情,我不知道再说什么好,于是跟着他慢慢跑,直到他预定的跑步任务完成才一起回家。路上,我们第一次聊了很久。我才发现,我对他根本就不了解。

孙兴是个很有毅力的人,他的坚持只为和自己赛跑,赢过自己。他说,每天出一身汗,心情会轻松,可以忘记很多的不愉快。他要做个大度的人,不想再砸碎玻璃了,那样的行为让自己汗颜。他还说,虽然明知道有些事,再怎么努力也赢不过别人,但这一点都不重要,重要的是,赢过自己就可以了。

我突然发现,面对和自己赛跑的孙兴,应该感到汗颜的人,其实是我。

是的,有些事,再怎么努力也赢不过别人。不如我们把目标设成自己,每天进步一点,超越昨天的自己,就是今天最大的成功。

相励于江湖

王飙

友谊是一种相互吸引的感情，因此它是可遇而不可求的。

——罗曼·罗兰

前一段时间，独自一人骑行穿越大别山，游罢吴楚雄关的天堂寨，又登峰擎日月的天柱山，我的骑行交响曲，在奏完了这两个高潮乐章的主旋律之后就要落下帷幕了。回程的路上经过省城，本不想打扰任何人，然而，愈是接近省城，便愈是想见一个人。在距省城还有百十华里的时候，再也禁不住浓浓思念的撩拨，于是，便给一个在我心中特别珍视的手机号码发了一条短信："我骑行大别山已十余天，今晚六点左右经过合肥。"

这是一个静悄悄地躺在我手机里已许多年的号码，我虽然很少用这个号拨响对方的手机，但是，我知道这个号码会永远为我而留。果然，一个多小时后，我收到了短信："住处已给你安排好，某某路某某大酒店某某房间。到后，打我手机，一起吃晚饭。"

对于心灵相契的两个人来说，一切寒暄都是多余的，曾经的岁月，曾经的情愫，会像窖藏于心窟里的陈年老酒，愈久愈醇浓香醴，愈让人回味无穷……

他就是我中学时代的同学，如今已在省城任要职、且公务繁忙的李君。那时，我们在班里坐前后桌，因为对文学书籍有着共同爱好；便有了交换书读的岁月，特别是对书中英雄和伟人的崇敬与向往，更拉近了两颗燃烧的少年之

每一颗心灵都是星星

心;在这心跳的节律中,一曲相互敬慕的友情之歌,也在悄然地奏响……

一个月明风清的夏夜,我们漫步在距他家门前不远的一条河边,谈论着一本书中几个英雄少年可歌可泣的悲壮命运,突然,李君说:"如果你成了元帅,我一定做你麾下的将军,和你一起打天下!"听他这么一说,我激动得半天没说出话来,因为从他的话里,我感受到了他的胸中,也和我一样燃烧着渴望在未来的岁月里成就卓越自我的梦想!这梦,就在这一刻,成了我俩心中无言的默契:不管人生的际遇充满了多少变数,亦不管岁月如何流逝,都要让她引领着我们心灵追求的方向!

然而,天有不测不风云,他的父亲不幸摔成了骨折,母亲本来就身体不好,弟妹们又小,于是,父母都给他压力,想让他辍学回家种地。我知道他的心在流血,但他是个孝子,又不肯违拗父母……有一天,我来到他家,对他父母慷慨陈词:"让他回家种那几亩薄地,一时虽能得到一点好处,但永远也改变不了他和你们全家贫穷的命运,只有让他考上大学,他才能以自己的腾飞,给全家人的命运带来转机。他的学习成绩这么突出,你二老就再辛苦几年,给他一个实现自我的机会吧!"他的母亲哭了,从此,再没提让他辍学的事。

后来,我们都考上了大学,从此相别于江湖,但我们的心灵都永远因少年时代的那个梦而联系在了一起。人生的路总是充满艰辛和坎坷,但是,我们都一直在书信中相互激励着对方。大学毕业后,我在文学追求的道路上走得有些艰涩,而他走的路子似乎比我顺利一些,他考上了研究生,后来,又成了他那个行业里的佼佼者,掌握了当时世界上最先进的理论和技术,并一步步走上了领导者的岗位……

飞滚的车轮,带着我越是接近省城,便越是有些按捺不住心情的激动……我想,人与人的友情,一定需要依托一种纯净的精神,才能在物欲的世界里一直保持着诗意的纯净。有了这样的友情,不管相距多么遥远,他们都将永远相励于江湖,因为这样的友情本身,就体现着他们自身的一种价值!我和李君之间，并没有发生什么感天动地的大事，但是，在漫漫的生命岁月里，我们都为对方的心灵注入着积极向上的能量，相互提醒着永不在世俗的红尘里沉沦，永远都要驾驭着自己的理想之舟，彼此呼应着，义无反顾地向前，向前……

> 某年某月的某一天，你是否会偶然翻开老友的照片心情澎湃。真正的友谊伴随我们一生，温暖我们的心灵。

看不见的仇恨

叶浅韵

拥抱着亲人的时候，多希望时间就停止。——许巍

隔壁，一阵骂声传来，接着是打碎东西的声音，有一只鞋子"呼"地从窗口飞出。餐桌上，我们停止了笑声，但没有谁想要出去看个究竟的欲望。母亲警告我们小点声，她说，这个疯子，少喝些猫尿会死！

我知道，在没有酿成任何人身伤害以前，我们必须关上自己的耳朵。那把锋利的斧头，那把沉重的大锤，它们还安静地躺在隔壁的屋子里。高声的叫骂，低声的回骂，此起彼伏。一波波暗下去，又一波波涌上来。我害怕那对冤家，我的伯父伯母，他们又要上演精彩动作片。

当我看到伯母走过窗前的身影时，心中的石头落了地，可她回骂的声音却在出门那一刻高出了八度，并夹带着小跑的脚步声。伯父更刺耳的声音传出来，我听见他拉什么家什的声音，然后又重重地摔了下去。显然，是酒精的热度让他丧失战斗的能力。

我从窗口望去，伯母站在坡底正与另一伯母私语着什么，仿佛，她的愤怒终于有了个盛放的容器。她呕心地描述着，一边用手指着她家那道门，愤愤不平中略有些担忧害怕。她的眼睛里有种看不见的仇恨即将爆发，但又随即黯淡下去。

弟弟妹妹们在说着什么好笑的事儿，他们大笑起来。隔壁又一阵骂声，

这次，我听明白了，他是在骂我们这群小鬼的。母亲说，给我多吃些饭，把嘴堵上，我看谁还敢多嘴！

父亲那天正好不在家，不知为何，这个天不怕地不怕的伯父，对于父亲，他有种特殊的感情。他高声地骂人时，只要父亲一出声，老哥哥，你悠着点儿！他的声音顿时平息。而后，零星的几句拌嘴，像是一场急刹过后的缓冲区，就一切相安了。

他骂人时，口不择言地乱骂，张口就要问候别人的老娘，别人身上的麻子，瞎子，秃头，瘸子，他样样脱口就翻人的痛处。而且他骂自己的人总是比骂别人更恶毒，如果他是一个巫师，他的亲人们都将在他的诅咒里不得好死。尤其是我的伯母，她的祖宗十八代都不曾安生过。而我的伯母，只要回敬着他的老娘，他立即就要动手。

有一次他站在院子里拴牛，高声地呼着伯母的名字，伯母应声慢了一拍。他张口就骂娘，伯母小声地回敬了他娘，他捡起一坨新鲜的牛粪迎面就丢去。伯母躲闪得快，牛粪重重地砸在墙壁上。夫妻俩拧仇人似的拧着撕打起来，他用脚踢，伯母下口咬。伯父顺手提起大铁锤子，狠命地砸下去。伯母晕了过去，鲜血顺着她的脸颊淌了下来。吓坏了伯父，也吓坏了我们。他套上牛车，一路小跑地把伯母送进医院，一副心疼得不得了的样子，又是忏悔又是端汤递水地伺候着。

又有一次，不知为何，他们在深夜里撕打了起来，父亲不在家，另一伯父翻墙过去，救下快要被他掐死的伯母。脸色青紫的伯母，好半天才缓过气儿来。他们这一对冤家，仿佛是前世杀父夺妻的敌人。

伯母年轻时，第一次被打，曾悲愤地投进粪池。被救出后，她慢慢地把事情想通了。伯母认定她是上辈子欠了他的，凡事只愿往好处去想。一个认了命的人，只能把心横将下来，忍受别人所不能忍受之苦。

他不仅骂人，他还骂天，骂地，骂鸡，骂狗，一切进入他视线的东西，都有可能是他骂的导火索。骂，成了他生命中最重要的一部分。如他一辈子也丢不掉的那口老酒。

父亲走后，家中失火，母亲盖了新屋，为新屋地基的事，伯父与母亲吵得不可开交，几次要动手打我的母亲，好在，他究竟拗不过母亲的犟劲。他高高地扬起手中的板凳或是棍棒，又低低地放下，脸上一直写满凶恶。他每天走出走进地骂，骂我死去的爷爷，那个一生都爱他的老人。也骂我的父亲，他的手足。骂我，还有我的弟弟妹妹们。骂得不堪入耳，母亲每每在这样的时刻无法忍受，一场场战争总是这样开始。所以，我阻止母亲回乡。

伯母得了癌症，起初，他是认真照顾的，不几月，又大骂出口。伯母去世了，他像一只失伴的孤雁。他没了骂人的直接对象，骂人的声音减了很多。直到，他也检查出晚期癌症。他不再骂任何人了，去了女儿家，即使回来，也不再骂人。我回去，他远远地看着我。像是有话，又似无言。我不想打扰他的清静，同时，也心有余悸和悲伤，总是不愿意如小时那样去亲近他。

犁地，他是村里的一把手，他的犁，走过家家户户的土地。人们喜欢请他犁地，却是害怕他在贪杯之后的一场场咒骂。又不能不用酒来款待他，他总是趁着酒兴，把一切不满发泄完全。东家的碟大，西家的碗小，都是他骂人的话柄。一件小事，足以耗去他一整个晚上的口水。

可谁又能阻止他对一壶酒的钟爱呢？爱酒，他胜过爱这世间的任何一种东西，包括他至亲至爱的人。也许酒才是唯一让他释怀的东西，他的内心一定积累了太多的仇恨苦痛，只有酒精和酒精过后的发泄才能让他放松。

村庄里的人，个个都是他的敌人，又都是他的亲人。往往，他骂人的话从东家传到了西家，人们厌恶地看着他。而他，却全然不在意。高兴时就要拉着人家唠叨个不停，他都忘记了他昨天才骂过人家的话。

在酒饱饭足之后，他常常骂骂咧咧地扛着犁，赶着牛，向后山走去。伯母远远地在后面跟着，他手里那根赶牛的鞭子高高地扬着，时刻准备着对牛或是人表达一些他心中无法控制的愤怒。傍晚，载着满满的一牛车玉米或是洋芋，有时，也可能是一车青草。他们踏着夕阳晚归了，老两口有说有笑地把东西拉进屋里,大呼小叫地呼唤着大大小小的娃娃们,把从山间采来的野果分发给我们。

分明才见彩虹笑,暴雨又顷刻来。一顿饭的工夫,天就变脸了。隔壁又传来骂人的声音,有时是因为盐放多了,有时是因为菜不可口了。你一声,我一声地热闹起来。这一切,都是酒精发作之后的显性特征。

每年清明的时候,他在老母亲坟前,细心地清理着杂草,培土培草,仿佛在给他的妈妈梳头那样。这个小村,我再没见过比他更诚心的孝子。从小相依为命的母亲,对于一个早早失去父爱的孩子,意味着太多太多的东西。他说起老娘做的苞谷饭,总是赞不绝口,他说这村子里哪个比得过他的母亲做的香甜可口呀。那时,他的脸上写满了幸福、骄傲和温柔,光彩照人的样子。

我与他的小女儿相差五天出生,我叫她四姐姐,他在高兴时哄着自己这个小女儿,任她撒娇耍赖。他一边摸着她凌乱的头发,满脸胡茬地扎下去,四姐姐咯咯咯地笑着。他还唱戏给我们听,他唱西山脚下有一家,爹妈生下仨姊妹,最宠最爱小女儿……他会在吃完饭时指着四姐姐碗里的剩饭,强迫她吃下去,他说他吃过糠、吃过树叶、吃过观音土,哪里去找这么好吃的黄澄澄的苞谷饭嘛。四姐姐不吃,他端过来几口虎吞下去,还一边做出香馋的模样逗我们。

他不醉的时候,跟我们小辈说他蹉跎的一生。他父亲离家出走那年,他只有七岁,姐姐十二岁,两个妹妹还呀呀学语。为了生计,他给人当童工,苦活累活做尽,冷眼冷脸受尽。一个妹妹病死,另一个妹妹当童养媳不堪受虐,在逃回家的路上被洪水卷走了。说这些的时候,他一点也不悲伤。他总坚信自己的父亲有一天会回来,他会把他找回来。他说,他不要我们么,我们还要他呀!说到这里,他悲从心起,眼泪在眼眶里打转儿。

待他如亲父的叔父,也就是我的爷爷走的时候,他哭得鼻涕老长老长,头上的帽子也歪了。他脸上的大鼻子与父亲是那么相像,唯一不同的是他鼻子中间有道天然的细细的坎,横在鼻梁的中间,让挺拔的鼻梁在那里稍微地停顿了一下。那时，我还小，与悲伤的交往不曾密切过。对于一场葬礼，如同看热闹一样，仿佛那是与自己不曾相关的事。父亲一直在哭，我是因为父亲哭了，我才哭出声来的。伯父也在哭，他说我爷爷是睡着了。两个男人的哭声，让天空失去颜色。在患难中长大的这对兄弟，他们都失去了最亲的人。

终于，他们都长大了，也终于有自己的土地了。伯父珍爱这种日子，在他的土地上终日劳作，勤恳如他那头老黄牛。秋收过后，楼上堆满了粮食，玉米、大豆、洋芋到处都是。喝下几两老白干，微醺时刻他开始唱歌。他抱着四姐姐唱，爹爹开会开得好，开得好么春风吹，改革的土地一片绿，人民生活多么美！听到歌声的邻居们都来凑热闹，大家聚在一起讲着古老的故事。鬼故事，毛野人，都是故事里的经典，而主讲的人通常是他，我的伯父。

伯父家的土地真好，种什么长什么，就是别人从来没有种过的花生苗，到了他家的地里，也收成颇丰。这可馋坏了村里的小毛头们，他们总是想方设法地算计着，要犒劳下自己的嘴巴。常常是快要得手时，伯父不知就从哪里钻出来了，吓得一群小毛孩子四处乱窜。

伯父就是这村庄里的一个传奇，把好和坏高度地统一在自己身上，让别人纠结不已，他却由着自己的性子快活。高兴时，他是天使，他让歌声直冲云霄，孩童老人都争相参与。不高兴时，他是魔鬼，释放出鲜血淋淋的诅咒，连狗见了他都要夹着尾巴远远地走开。

昨日接到四姐姐电话，说他走了。我心里如失去了什么重要的东西，一阵阵难过。他甚至还没等我回去看他一眼。

伯母也是去年的这个时候走的，这对冤家吵了一辈子，打了一辈子，却又不离不弃地生活了一辈子。往往才恶言相交，拳头相向，不出一刻，又听见他们的笑声。我们都习惯了他们相守相爱的方式。他们仿佛前世有着深重的仇恨，这辈子要来彼此折磨。又仿佛前世遗留下许多不尽的爱恋，要用今生来相扶相伴。

我曾与母亲说，他骂人是没有什么实质意义，别去过多计较。可他触及

第七辑　相励于江湖

了母亲最伤痛的地方。那些恶毒的语言已让母亲太疼痛,直到他死,母亲都不肯与他说话。可她一接到他过世的消息,就急忙从千里之外连夜赶了回来。

那个夜晚,深夜醒来后,再无睡意。我以为,这个冤家似的亲人死了,我不会有多少悲伤。打小,我是听着他不堪的骂声长大的。孟母为儿三迁,吾母的儿女愚钝,生长在这样的环境,居然没学会他骂人的脏话。倒是在他的故事里,他的歌声中受益匪浅。他每天必喝,每喝必醉,每醉必疯。一辈子,他与人有仇,与土地有仇,也与自己有仇。而这些仇恨,无法识别,也无法看见。也许,这些,都是他前世欠下的债。今生,偿还清楚了,所以,他走了。

灵堂里,他友善地看着前来吊唁的亲人,他大鼻子上的那道坎,比他的大鼻子还醒目。大鼻子是这个家族最重要的标志,而那道坎,仿佛是他一生的某种暗示。这个让我爱也不是,恨也不是的伯父呀,就这样,他过了一生一世人!我直视着他,眼泪急急地淌了下来。这下,那个小村庄没了他的声音,该是如何地寂寞!

> 时间带不走的,是记忆,能带走的,是那些鲜活的生命。是的,我们就生活在这样分离与纠缠当中。总有些人要提前离开,是非好坏任后人去评说吧。

看电影

张亚凌

文也好画也好，作品所能具备的最大使命，不是直接描绘世界。——七堇年

跟儿子从放映厅出来，他一脸兴奋地问，妈，你们小时候咋看电影？有这么刺激吗？

我的小时候是四十年前。那时关中农村放场电影，不亚于过年般欢喜。

提前好些天，大人们就通过各种途径将这一消息传递给了七里八乡远远近近的亲戚们。最最高兴的自然是我们小孩子了，期盼乃至兴奋的心情应该从多天前就开始聚集、发酵、扩散，以至于到了那一天干啥都魂不守舍，所有的心思浓缩为眼巴巴地期盼着天黑。

那天是绝对不吃晚饭的。全村的孩子们，都扛着架着端着板凳椅子冲向大队部前面的那块空地——放电影的地方，自然是争着往中间往前面占地儿。也有厚着脸皮加塞的，为了捍卫自己的既得利益，彼此的口水战是免不了的，可以不歇气不倒茬直骂至祖宗八代。

放眼瞅去，尽是密密麻麻的凳子，宽的窄的，长的短的，凳子间点缀着叽叽喳喳吵吵闹闹的孩子们。

银幕挂起来了，灯光打亮了。

猴精般的孩子们似乎一下子被激活成超级形态了。小个子一跃而起站上凳子，大个子也站了起来，对着银幕用手指做着各种造型。先是汪汪叫的小狗，撒腿跑的兔子，悄然绽开的花……不久就组合了，"猫捉老鼠""狗熊爬树"……很是热闹，如微型电影般惹得观众们大笑不已。

第七辑　相励于江湖

电影马上要放映了。

想想，黑压压的一片，谁能一下子找到自家的孩子？于是乎，高潮来了。孩子们用手作喇叭状扯着嗓子大呼小叫起来：

"妈——，我在这儿，在这里。""快点，快点！这儿，这儿！""……"

你呼我喊的声音此起彼伏，像口沸腾的大锅。

眼看着电影要开始了，那些没等到自己家人的孩子，就很委屈地抽抽搭搭，转来扭去，自然不能专心看电影。甚至边看边骂，不知是骂电影里不合自己心意的情节，还是骂自己心里的疙瘩。

有时，大家都等到十一二点接近后半夜了，传来消息，说放映员从十几里外的村子赶不过来了，挪到明晚。

大家伙情绪很大，散去得极慢，都骂骂咧咧，似乎要让每一个骂出去的字都落在地上，生根发芽长出荆棘！就是那会儿，我觉得世界上最最了不起的人就是放映员，他可以让所有人高兴得如同上了天堂，或悲哀得像下了地狱，于是我在作文中写下自己的理想就是做威风十足的放映员。

我们也去别的村子看电影。结伙成群浩浩荡荡，七八里路跑着喊着，并不觉得路远。半路上挖一窝红薯，啃得满口流汁。偷个西瓜一拳下去，一人一块直接用手指抠着吃。

去别的村子不可能带板凳的，看不见咋办？骑上墙头，架在树杈，站上砖堆，只要能使自己比别人高，都尝试过。只是有时太远了，不大能看清，只好"听电影"了。

也记得半年时间，我们去过七个村子看电影，也只是看了七遍《地道战》，以至于开始在沟边挖地道玩。

如今想来，看什么电影似乎并不重要，重要的是看电影本身带给我们的激情。

文艺作品并不能带给我们整个世界，但可以是我们了解世界的切口。电影所具备的作用也是这样的。我们通过电影看到的，便是未来我们所看到的世界的样子，或者比其还要丰富多彩。

每一颗心灵都是星星

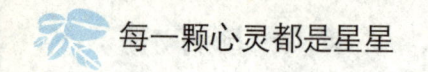

站在台风口的猪

陈鲁民

> 创新就是创造性的破坏。——熊彼特

小米创始人雷军有句名言:"站在台风口,一头猪都能飞起来。"话说得很谦虚也很霸气,很幽默也很睿智,很通俗易懂也很有哲理。

领教过台风威力的人都知道,台风能轻易把大树连根拔起,把汽车掀翻。如果站在台风口,别说是猪了,就是牛,就是大象,都有可能被吹飞。在著名的风口吐鲁番达坂城,就曾有过火车被吹翻的记录。

当然,雷军眼里的台风另有其意,就是指干事业的时势和机遇:"在业界混,要找最有可能有台风口的地方,做一头会借力的猪。"于是,这头"会借力的猪"就看准目标,在低价智能手机这个台风口里扶摇翻飞,大显身手,攻城略地,开疆拓野,只用短短4年时间,就使小米手机成为全球第三巨擘,雷军也以99亿美元的身家,居"福布斯中国富豪榜"第8位。

听完雷军的创业奇迹和高谈阔论,很多正在创业或志在创业的人热血沸腾,恨不得马上变成一头会飞的猪,扶摇上升,鸟瞰大地,成为创业成功的新星,在福布斯排行榜上也露一小脸。可是,这事其实没那么简单,冷静下来想想,这头猪还真不是那么容易做的,想飞起来可谓障碍重重,危机四伏,有很多风险与未知数,你要想成为会飞的猪,一定要先把这些事情想清楚。

首先要找准台风口。如今眼下,能发财的路子太多,让人眼花缭乱,不知所措。炒股票,炒黄金,做期货,玩古董,搞地产,倒卖字画,风险投资,出国淘金,高息揽储,资本运作,变相传销……真真假假,虚虚实实,你也不知道哪个台风口能把猪吹起来。万一你选错了风口,不仅飞不起来,弄不好还会血本无归,倾家荡产。

能不能飞起来也是个问题。一个台风口就那么大地方,同样也怕猪满为患。台风口如果站了太多的猪,挤成一团,猪山猪海,熙熙攘攘,摩肩接踵,估计再大的台风也无法让猪飞起来。我们曾经经历过的全民经商,全民炒股,全民办公司,全民写作,但凡全民参与的买卖,一窝蜂的盛举,大都不会有太好的结果,可能会有个别的猪飞起来了,绝大多数的猪还是成了地球引力的牺牲品。

即便飞起来了,能飞多高,能飞多久也很难说。像雷军那样一飞冲天的猪只是凤毛麟角,大多数飞起来的猪也许刚刚离开地面,悠悠忽忽,摇摇晃晃,没多长时间就落了下来。毕竟一头想飞起来的猪要面临的难题太多,要克服地心引力,要在空中保持平衡,要掌握飞的方向,哪个环节没掌控好都不行。因而,一头想创业的猪,飞得高固然是梦想,飞得稳,飞得长久才是最重要的事。

能否平安落地?猪能飞起来并非自己长了翅膀,而是靠风力抬举,"好风凭借力,送我上青云"。可是,假如台风突然停止,猪失去了托举之力,吧唧一下子摔了下来,即使不粉身碎骨,也要摔个鼻青脸肿,说不定就会从一头会飞的猪变成餐桌上的火腿肠。因而,作为一头飞起来的猪,务必随时保持危机感,审时度势,观风识云,能飞则飞,不能飞就争取平安落地。千万不能狂妄自大,目空一切,忘记自己是一头猪的本质。马云就说过:"猪碰上风也会飞,但是风过去摔死的还是猪。因为你还是猪。我们每个人要思考你怎么把控这个风,你怎么去掌握好这个风,怎么提升自己。"

每一颗心灵都是星星

　　如果这些问题都想透了,有了充分的思想准备,那就大胆地寻找适合自己的台风口,去做一头会飞的猪吧。不过,我更欣赏马云的另一句话:"我们不应该去寻找风口,而是真正地把自己变成有一点点风就能够飞起来的、能够翱翔的人。"

　　在这个大众创业、万众创新的美好时代。每个创业者都会是时代的弄潮儿,但不可否认的是,也有好多创业者在没有充分的准备下就贸然激进,最后早早夭折。所以,万全的准备,是成功的开始,每个人都应该三思而后行。

鲮鱼和蝴蝶

蒋光宇

> 要使整个人生过得舒适、愉快,这是不可能,因为人类必须具备一种能应付逆境的态度。
> ——卢梭

你是否知道鲮鱼和鲦鱼的习性?鲮鱼喜欢吃鲦鱼,鲦鱼总是躲避鲮鱼。有位生物学家曾经用这两种鱼做了一个实验。

实验者用玻璃板把一个水池隔成两半,把一条鲮鱼和一条鲦鱼分别放在玻璃隔板的两侧。开始时,鲮鱼渴望吃到鲦鱼,飞快地向鲦鱼发起进攻,可一次次都撞在玻璃隔板上,撞得晕头转向。撞了十几次之后,沮丧的鲮鱼失去了信心,不再向鲦鱼那边游去。更有趣的是,当实验者将玻璃隔板抽出来之后,鲮鱼也不再尝试去吃鲦鱼了!鲮鱼失去了吃掉鲦鱼的信心,放弃了本来已经可以达到目的的努力。

几天之后,鲦鱼因为得到生物学家供给的鱼料,依然自由自在地在水中畅游,而鲮鱼却翻起雪白的肚皮漂浮在水面上死去了。

有一只美丽的蝴蝶,与上面的那条鲮鱼根本不同。

那是 1977 年,大卫·库茨明斯基正走在乔治亚州某个森林的小路上,出乎意料地遭到了一只蝴蝶的突然袭击!那只蝴蝶先是舞动美丽的翅膀,在他的胸前做空中盘旋,企图阻止大卫的前行。当大卫向前迈进的时候,蝴蝶开始俯冲,用自己的头和身体,一次又一次竭尽全力地撞击他的胸膛。

只要大卫后退,蝴蝶的进攻就停止;只要大卫试图前进,蝴蝶的进攻就重新开始。这是为什么?

每一颗心灵都是星星

经过仔细观察,大卫明白了遭受袭击的原委。在大卫前行的路上,在发动进攻蝴蝶的栖息地,还有另一只蝴蝶,眼看已经奄奄一息了。发动进攻蝴蝶的翅膀一张一合,好像是给它扇风,显然是怕大卫前行时不注意踩死它。原来,蝴蝶向强大于自己上千万倍的行人发动不屈不挠的攻击,目的是为它的伴侣多争取一些生命消逝前的宝贵时光。

……

鲮鱼和蝴蝶的故事,很能给人以启示。世界上很难有百战百胜的常胜将军。困难是人生的教科书,逆境是磨炼人的重要学府。困难和逆境不会使人保持原样,或者使人变得高大,或者使人变得渺小。困难和逆境就像沉重的铁锤,粉碎着玻璃,锻炼着钢铁。哀莫大于心死。危险远不是真正的死亡,真正的死亡是丧失了生存的勇气。无论是幸运还是厄运,每个人都是自己灵魂的船长,都是自己命运的开拓者。命运给予我们的并不都是失望之酒,还有很多的希望之杯。成功不只是要战胜对手,更是要战胜自我。成功的一个秘诀,就是屡仆屡起、屡败屡战。

咬定青山不放松,立根原在破岩中。千磨万击还坚劲,任尔东西南北风。这是生命最好的状态,不管经历什么,都不放弃内心的执着。

完整的世界

叶浅韵

> 生活需要一颗感恩的心来创造，一颗感恩的心需要生活来滋养。——王符

排列整齐的灯盏里发着豆瓣大的微黄色光芒，一朵朵灯花闪亮地开在火焰中间。先生说这是喜事临门之兆，是祖先要恩宠我的一种告示。此刻，我正虔诚地跪在佛祖的面前，希望以这样一种方式与我逝去的亲人们通达心灵。

一直，对于未知世界的迷茫，我谨持将信的态度。我常以这样一种方式来表达我对神灵对自然对人生的敬畏。它甚至可以成为我慎独的一种有力证据。我常常在黑夜睁大了眼睛，想看到另一个世界的一点真相。可是，除了漆黑，我从来没看见过异相。但我一直觉得天上有一双眼睛，它时刻在看着我，引导我向着善良，向着太阳，向着慈悲行走。那些堕落、肮脏、可耻、卑鄙绝不容许存在我的周围。

我从来没看见过那双眼睛背后站着的人。有时，就在我闭上眼睛的时候，他们会活跃地出现在我神经与神经连接的末端。或是梦境，或是幻觉。竟然在许多时候，它们神奇地验证着。

我希望在我的梦境或是现实里，我的亲人们会以某种方式告诉我另一个世界的存在。他们已脱离了人世的苦海，正先知先觉地活在另一个逍遥的地方。常常，天上那双眼睛会与我的亲人们渐渐契合，并以一种特别的方式提醒着我。

鼻孔里充满着香味，似乎各种神明正喜悦地看着我。我的内心也充满了

每一颗心灵都是星星

喜悦,仿佛我的肉身是被他们加持过的法门,轻盈剔透,无量至尊。我匍匐在地,虔诚地祷告,如若我的亲人是有罪之身,也请他们大慈大悲,大恩大德,助他们脱离苦海,到达极乐往生。如若我的亲人是功德戴身,就请他们保佑家人平安,赐予我们福报。

在我跪拜祈祷完毕的时候,我的眼前顿时澄明起来,胸腔里恍若有一颗剔透的心。是我居住在另一个世界的亲人,他们在感召我。我感觉我的周围存在一个巨大的磁场,一极是我,另一极是神灵和我的先祖们。他们正站在我的身后,用一种无形的力量推动我,并在我的脑海留下一种可以称之为信仰的东西。迫使我不说诳语,不行恶事。

如果有人要质疑我是迷信的,我只能说我是赤诚的。倘若我的世界一直完整,我不愿意以这种冰凉的方式与我的亲人们相见。我愿意天天环绕在他们的近旁,被他们爱,被他们骂,与他们争吵,与他们欢笑。当我的世界残缺以后,我宁可相信另一个世界的完整。并愿意幻想着一定有两个世界可以重叠的地方。在墓地,在节日,在一炷香的后面,我都曾信仰过,我这些愿望是可以成真的。

就这样,每年,就着一些重要的节日,带着一些信念,我向着我的生活下跪。在寺庙里的佛像前,在家里的神位前,在一块墓碑前,有时只是在一堆黄土前。我虔诚地跪着。这样,我的世界就完整了。我和我的亲人们都只是土地的一部分,我们都受着大自然的庇佑。

> 当我们紧握双手,发现里面什么也没有;当我们伸开双手,发现世界就在我们手中!学会感恩,便是修行。

第七辑　相励于江湖

给自己精确定位

陈鲁民

仰天大笑出门去，我辈岂是蓬蒿人。——李白

在浩瀚无垠的沙漠，在遮天蔽日的大森林，在漫无边际的荒原，人如果不知道自己的正确定位，就不知该往哪里走，那是很危险的，所以人们发明了全球卫星定位技术。人生也是如此，茫茫人海，大千世界，不论尊卑贵贱，每个人都有一个位置。人贵在有自知之明，知道自己的准确定位，做事说话就能恰如其分，不失位，不越位，不狂妄，不逾矩，不授人笑柄。反之，人的吃亏、受窘、困惑，幸福感的缺失，往往都和自我定位失准有关。

《红楼梦》里的晴雯，"心比天高，身为下贱"，最后死于非命，吃亏就是定位不准。自己明明是个丫头，无非长得漂亮些，人聪明些，老太太喜欢，于是就有了"准宝二奶奶"的幻想，有意无意地以"准主子"身份出现，打骂小丫头，挤对袭人，讥讽婆子，甚至对宝玉也出言不逊。因犯了众怒，王夫人处理她时，除了宝玉去看了她一回，几乎没人同情她，落井下石者倒不少。

NBA著名球星罗德曼，则得益于准确定位。他平时虽放荡不羁，花样百出，却对自己在篮球场上的定位看得很清楚，他明白，自己的长项不是进攻得分，而是抢篮板与防守。所以，得分那种长脸的活就让乔丹、皮蓬们去干，自己专心致志地去防守、抢篮板，心无旁骛，全力以赴。因为定位准确，"刺儿头"罗德曼不仅与个性很强的乔丹相安无事，并行不悖，还共同夺得三个总冠军，他也居然蝉联了七届篮板王。

全球卫星定位的依据是经度、纬度，人生定位的依据则包括能力、水平、

每一颗心灵都是星星

全球卫星定位的依据是经度、纬度,人生定位的依据则包括能力、水平、成就、人望、实力、资格、出身等。卫青、霍去病因战功而封侯;李白、杜甫因创作成就而名列诗仙、诗圣;孔明、庞统因能力、人望而被尊为卧龙、凤雏;宝钗、黛玉因出身而贵为小姐,紫鹃、金钏因出身而成为丫头。这些定位,有的合理,有的不合理,但这就是现实。如果说出身无法选择,你得认命,那么通过提高水平、能力,努力建功立业而改变自己的定位,则是每天都在发生的事:丑小鸭变成白天鹅,酸秀才成了状元郎,叫花子成了西凉王,穷小子成了大老板,"大衣哥"成了红歌星,王"傻根"成了名演员……

当然,那些励志打气的话,好讲不好干;改变定位的事,说着容易做着难。毕竟,能付出悬梁刺股、卧薪尝胆那种极端努力的人不多,有经天纬地、呼风唤雨才华的人更少,所以,有改变定位想法和正为之努力者,踌躇满志之余,千万别忘了一句老话,"谋事在人,成事在天"。

你是什么样的人,就会走什么样的路,听什么样的歌,写什么样的文。管那么多干吗呢,只管去干就是了,坚持自己,才能成就自己。